主编 凌翔　　　　　　　　新时代精品朗诵诗选

长安事故

黄冬冬 著

中国民族文化出版社
北　京

图书在版编目（CIP）数据

无处安放 / 黄冬冬著. —北京：中国民族文化出版社有限公司，2020.9
ISBN 978-7-5122-1403-3

Ⅰ.①无… Ⅱ.①黄… Ⅲ.①诗集—中国—当代 Ⅳ.①I227

中国版本图书馆CIP数据核字（2020）第182199号

无处安放

作　　者：黄冬冬
责任编辑：张　宇
出 版 者：中国民族文化出版社　　地址：北京东城区和平里北街14号
　　　　　邮编：100013　联系电话：010-84250639　64211754（传真）
印　　装：唐山楠萍印务有限公司
开　　本：710mm×1000mm　1/16
印　　张：13
字　　数：120千
版　　次：2020年10月第1版第1次印刷
标准书号：ISBN 978-7-5122-1403-3
定　　价：49.80元

版权所有　侵权必究

致无处安放的青春
无法解脱的爱
无法释怀的痛

致

黄逅 *Sinica Snow Hou Huang*
黄钦 *Orien King Zin Huang*
黄朕 *Cheny Prince Zhen Huang*

跨越文化的诗

《无处安放》是冬冬博士的第五本诗集,荟萃了他的诗歌精华,也收入了他 2019 年 6 月完成的诗歌《文字的世界》。他此前出版的 4 本诗集,我有幸拜读,而且曾在他的诗歌鉴赏会上讨论过他的诗歌特征。《无处安放》的出版,让我增进了对他独特诗学的深入了解。他的足迹,遍布世界,而在他的如椽之笔下,处处都是诗意的栖居。30 多年来,他笔下点点滴滴的诗情画意、哲理思考、人文探索和终极关怀,就安放在他的诗里,他的心里,他的这部诗集里。

先来界定本人的评论视角。我把冬冬从 2000 年出版的第一本诗集《漂泊的孤帆》,到 2016 年出版的《中国海之歌》,2017 年出版的《为爱而生》,2018 年出版的《世界从心开始》,包括这本《无处安放》,放在日趋全球化的国际大语境中,评价和鉴赏冬冬的跨文化诗歌。

我认为,冬冬不但走出了中国的国门,而且走进了真正的世界,创作了一批跨文化的诗歌。按照 20 世纪英国著名诗人和诗学批评家托马斯·斯特尔那斯·艾略特在"个人的天赋与传统"(The Individual Talent and Tradition)文章里的诗学标准,一个诗人的独特天赋,要放在某种传统里来辨别。在我看来,冬冬博士既属于中国的诗歌传统,也属于加拿大的诗歌传统,还属于世界的诗歌传统。他的五部诗集,给我们带来了具有跨文化沟通性和跨语言表现性的诗歌精品。

我认为,下面几点是冬冬博士跨文化诗歌的特征,应该受到特别重视。

1. 作为一个有着图书馆学和法学双重教育背景的诗人，他对东西方文化，对法律、地理的大融合、大结合，有着异常精准的理解和把握。作为一位诗人，他的视野是无国界的，打破了种种既定的界限，无论是文化的、国家的、语言的，还是文学的、诗歌的、诗歌批评的。

2. 作为律师、诗人、教授，他的知识面，涵盖了哲学、历史、宗教、文化、地理、文学、诗歌。他的诗歌的覆盖面，广袤万里；诗歌的内容，洞察深邃。他的诗跨越了单一的文学、文化和文明，跨越了单一的国家、民族和地域。

3. 他对诗歌写作技巧或修辞手法的活用，是丰富多样的。他大量地使用了比喻、拟人、象征、借代、映衬、反问、移情、跳脱、夸张、联想等，使得他的诗歌充满了形象思维即具象，诗歌语言具有独特的生命力和诗意，不可简单地转化或转译为普通语言。

4. 他的部分诗作，有或严或宽的押韵，朗朗上口，具备音乐的节奏，把读者带回中国古典诗词的韵律王国。

5. 从题材或诗歌素材来看，最值得一提的是，他对多样性的爱、对心的深度探讨和诗意化。无论是对个人的爱，还是对某个诗人的爱，对多文化的爱，对国家的爱，都很有活力、魅力和持久力。从中国文化强调集体、整体、家庭和大我的角度来看，冬冬对个体、个人、小我及其内心、感情和精神世界的探索，是对这一新领域的拓展。

6. 冬冬的诗歌写作和诗学批评并驾齐驱。冬冬的诗歌里，糅合了对其他诗人的评论。这点非常难能可贵，没有一定的诗学自觉、自我审美、横向比较，还有对诗学批评术语的掌控，是无法做到的。他在诗歌里，对美国诗人艾米丽·迪金森，意大利诗人阿利盖利·但丁（"在咖啡馆一个人唱《我们不一样》,《无处安放》),对法国诗人夏尔·皮埃尔·波德莱尔、斯特凡纳·马拉美的点评,恰到好处;他的诗与论诗巧妙有机地融合起来了,使我想起了李白、杜甫和苏东坡诗歌里的诗学评论。

7. 冬冬的诗学境界及其与中外诗歌潮流和流派的有机共生联系是多种多样的:

(1)冬冬的诗歌,对中国本乡本土的儒家的("千年的孔林",《世界从心开始》),道家的美学诗学("投奔茅庐",《世界从心开始》)都兼而有之,并进行了具有创意的的传承,将其发扬光大到21世纪的今天,传播到全世界。

(2)冬冬的诗歌,有机地消化和吸收了西方古典主义、浪漫主义、现实主义、现代主义、后现代主义,甚至是后后现代主义的多种特色。

(3)冬冬的诗歌,渊远流长,他博取众长而又独树一帜,成为他跨文化的诗学的魅力、深度和内涵所在。

(4)冬冬的诗歌,动态变化,与时俱进。他在参加了鲁迅文学院作家高级研讨班以后所创作的诗歌,走向空灵,走向极简主义。"刷屏马蹄湾"(《无处安放》)就是一个好例子。

几年前,我在一本文学批评专著里,用20多页的整整一章,评论了诺贝尔文学奖被提名者洛夫先生的诗歌。根据上面几点冬冬跨文化诗歌的特征,我盼望并祈愿,冬冬的诗歌,精益求精,炉火纯青;我诚心期待,在不久的将来,他成为又一位类似于洛夫先生的诗人。

在此之前,我与冬冬博士进行了近乎两年的、多次的、较为深入具体的诗学讨论,也进行了几次电邮。这个序里,有冬冬诗人的反馈,我必须公开承认并深深致谢!

英语有句谚语：你要知道布丁的滋味，就得亲口尝尝。冬冬博士的诗集，必须一本一本地读下来，才能深入体会到其中的韵味、奥妙和哲理。请品味《无处安放》。

陈中明　博士、教授
2019 年 8 月 31 日于温哥华

目 录

第一辑　苟且地活着

房子与家　002
我的房子　004
我是你的心　006
苟且的诱惑　008
我愿意一个人独立　010
明天依然不羁　013
花朵被吹成了一片飘飞的花雨　015
湛蓝的天外　017
初访中国美术馆　020

科学的诱惑　023
打盹的历史　026
窄播时刻　028
红包的诱惑　030
漂泊的独木　032
看球　035
校友之歌　037
不肯远去的忧伤　039
玫瑰树乔治亚宾馆的下午茶　041

膜拜啊，摩拜小单车　043
与螃蟹对话　045
毕业的愿望　047
除夕之夜　049
家的感觉　051
沐雪　053
留守 2018　055

第二辑　私奔到远方

中秋的北戴河音乐喷泉　058
措瓦森的晨曦　060
刷屏马蹄湾　062
纳奈莫小夜曲　064
飞翔的高铁　066
梦飞滨海　068
穿越乔治亚海峡　070
想象张家界　072
布查德花园的秋天　074
心留芭提雅　076
春熙路的人潮　078
马六甲的海　080
告别南方的南方　082
梦恋水晶晶　084
捧起新加坡　086

高速下的中国　088
壁画镇　090
驱车穿越秦岭　092
诗如吉隆坡　095
曼谷之夜　097
图腾镇　099
走进台北　101
有了桂林还不够　103
凌晨的涞源　105
重走天险腊子口　108
走进昭化古城　110
爬香山　112
再也不再难于上青天　114
远方在南京　116

第三辑　诗意地燃烧

来自雪的预言　120
老爸　122
跨越40年　125
大学讲堂　127
微信之歌　129
绝世的美丽　132
文字的世界　134
对老师的崇敬　136

在咖啡馆一个人唱《我们不一样》 138
文学对话之夜 140
校友文化 142
送麦冬青君一程 145
雪花飘落的时刻 147
绿皮车 149
无题 151
微笑的艳敏 153
请假 155
诗意地栖居 157
奇特的博士们 159

变化 161
被西安留下的 163
我与黄河 165
诗之梦 167
丢失了来时的自己 169
沉默的灯泡 171
心与身 172
到底是怎样的寒冷 173
还是最好别问 174
别称 176
无法选择 178
从羔羊到豺狼 180

何必招摇　183
可以成为你的天津　185
香榭里音乐餐厅的晚宴　188
互动的力量　190
有了曹禺　192

后记　194

第一辑　苟且地活着

2017年10月鲁迅文学院

> 你让我们有了忘记
> 知道在最寒冷的季节
> 用最美丽的憧憬
> 掩盖最黑暗的劣迹
>
> 至于春天
> 如同她的回眸
> 遥远成一个传说
>
> ——《沐雪》

房子与家

题记：大约在我和她分开的时候开始，房子与家开始分离了。

墙上的地图画出了世界
而我只知道有爸妈的日子
就是家
有姐妹进进出出的时光
就是依赖

从租住的地下室里
飞起了雪片
在空中开了花
六角形的
不知你是否见过

在河边捡拾鹅卵石的时候
我不知道天空
没想过大海

也未走上世界

后来我有了房子
天津的北京的温哥华的北戴河的
里面住了一些人
好像都是过客
有的离开了
有的留下了
但没有家

如今我在飞着
太平洋是我家
温哥华是我家
南京是我家
武汉是我家
连我都不相信

2018年5月22日在温哥华列治文时代广场办公室初稿
2018年10月18日乘东航MU216号航班
从温哥华飞往南京途中完稿

我的房子

有一处木刻楞的屋子
着火了
妈妈哭了
留下了童年仅有的家

有一处里屋
我企图赶走别人和姐妹
最后是我被青春赶走

有一张下铺
我搭起了蚊帐
感觉像皇宫
毕业时让给了新同学

有一间地下室
付了300元租金
女儿哭泣着来到世间

我把希望送给翻飞的雪花

有一幢洋楼
我请了太阳和月亮
洞房的花烛还未熄灭
月亮悄悄地溜出门去

有一处新房
我等待着飞蛾和浴火
是否可以重生
且听下回分解

我是你的心

题记：看了《致我们终将到来的爱情》，对其中两句台词非常喜欢。我是你的心，因为我不跳，你就会死掉。

一下子就到了最中心
仿佛无须敲门
也无须舞动春天里的秋波
林荫道省略成了一声问候
灯红酒绿淡出　为必须停下的红绿灯

不是所有的电视剧都产生皂沫
伟大的真理未必来自四书五经
在粉丝狂欢的直播室
唯有连接许多未来的爱情

所有的现实都可以被安排
只有哭喊的欲望
和路过的布谷鸟

留下回声

爱是一种关系
更是两个点对点的人生
如果你张开五指
或许会阻止心的凋零

爱已经为我
撑起已经垮塌的天空
雨夜里伞下的猜想
一定是我的心在雷动

2017 年 10 月 5 日在广安凯悦商务酒店 8906 房间初稿
2018 年 3 月 1 日乘南航 CZ3761 号航班从珠海飞西安途中继续
2018 年 3 月 3 日乘南航 CZ3174 号航班从西安飞往北京途中完稿

苟且的诱惑

题记：在2015年参加温哥华第一活动公社的活动之后，我参与了很多公社的活动，如郊游、聚餐、跳舞、晚会、牌局。在公社里，有一种叫作找朋友的扑克玩法，对输家的惩罚是钻桌子。

只要有人招呼一声
我们便像寻觅青草的羊群
呼啦啦聚拢在一起
奔向摆满美食的桌面
和趴着钻过的桌底

桌底下
我们吸吮尘埃
我们交易笑声
也交易心底的远方和被遗忘的诗意

你无法知道
那是怎样的一种会心

因为还原了简单后的日子
我们无法阻止快乐

那其中的尔虞我诈
还有感知到的勾心斗角
都染上了童趣
哪怕到了面红耳赤的争吵
也像特朗普说的
永远都是朋友
都可以成为知己

不要扒开我们的表面
里层已经与表面如一
快乐下面还是快乐
惊喜下面还是惊喜

因为我们苟且够了就去远方
身体累了心就想休息
苟且中还有苟且
诗意上还叠加着诗意

2018年4月9日乘天铁从拉法叶湖－道格拉斯站赴格兰维尔站途中

我愿意一个人独立

　　题记：1923年农历三月初二，爸爸出生在辽宁省昌图县三门黄家。在他84岁时，儿女在北戴河用家庭小宴的方式庆祝了他的生日。他早年就读于国立四平高等师范学校，之后在吉林省梨树县中学教历史、地理和音乐。尽管已是仲春，北方依然相当寒冷，以父亲为首的家人们，围坐在火锅旁，咀嚼时间、咀嚼人生。

热情还在上升
窗外
一个观望的思想
一场未尽的游戏
一枕刚散的春梦
沐浴着恒久的亲情

含在短信中
断断续续的春天
一如痴爱的呓语
把这个好端端的夜晚

分割为一段一段的故事
或为激动
或为陷阱

千万不要误解
一棵院里生长的山楂树
怎么会
从迷群里结出"粉丝"①
悬挂冰冻了文明的镜子
悬挂亚病态下的生命

踉跄的年代里
父亲挣扎出一道黎明
踏上北去的列车
扎入滴水成冰的大兴安岭

而我走向长江
画出东湖上的彩虹

为了有远见的父亲
我愿意一个人独立
再独立
远行

---

① 粉丝源自英文 fans，意为歌迷、影迷，现已音译为汉语粉丝。

再远行

走过远山的呼唤

走过大海的涛声

2006年4月2日乘T510次列车从秦皇岛去北京途中

明天依然不羁

题记：2005年6月5日乘国航从北京返回温哥华，接待了湖北省经济代表团的访问。2005年6月15日乘加航从温哥华去北京。2005年6月21日乘加航从北京回到温哥华，参加了斯帕尔资源公司的股东年会和董事会。2005年6月24日乘日航从温哥华经东京去北京，安排斯帕尔资源公司在中国的投资事宜。

很久以前
曾经试过
像朱古力糖[①]
死过之后总有甜蜜

很多次
离别现在
像清晨的雾
过去却总不散去

---

① 朱古力糖，即现在的巧克力糖。早期的翻译，曾有此种音译。

很多方式

割断生命

像海的胸怀

明天依然不羁

2005年6月24日乘日航JL018号航班从温哥华经东京飞北京途中

花朵被吹成了一片飘飞的花雨

题记：温哥华今年的春天不仅姗姗来迟，而且还夹杂着太多的风雨。好不容易祈盼到了花开的季节，无奈又遇上了无情的风雨。花瓣纷纷飘落，令人唏嘘不已。

花朵被吹成了一片飘飞的花雨
目光和头发都沐浴着这从天而降的神奇
哪怕是最粗心的生命走过
也会感到一种略带悲伤的旖旎

花朵本来可以悠然地绽放
然而天空总有不测的风雨
失去了花瓣的花朵还在回想
曾经怎样倾国倾城地美丽

可以勾起所有张望的灵魂
只要你有足够的颜值
可以延续开始凋谢的爱情

只要你展示足够的魅力

不要说为了走向明天
必须有花瓣牺牲自己
因为脱去了花瓣的花朵
再也回不到从前的美丽

只有一个葬花的黛玉
一个生命中最奇葩的相遇
假如我走过花瓣飘过的小径
泪水一定会流成雨滴

再好的春天也会走远
有谁还会留恋曾经的飘逸
总有一缕长发伴你左右
或者从你的生命中逝去

2017年4月12日乘天铁从布拉德站去拉法叶湖－道格拉斯站途中

湛蓝的天外

题记：很多次飞越中国的大地，从南到北、从东到西。我的感想开始像印尼的火山一样在迸发。常言道，山外青山楼外楼，天外有天人外有人。人的追求有多大，展示的平台就有多大，驰骋的世界就有多大。

游过很多的水
爬过很多的山
原来假定的目标
却又变得遥远

一路上不仅有无限的风景
还有风景展示出的内涵
我早已不是原始的白纸
你也不是可以穿越时空的宇宙射线

曾经爬到顶峰
做了班上的学习委员
引来多少羡慕的目光

一直延伸到凝翠山①

沿着上山下乡的道路
开始以小草的名义生长在古莲②
那苦涩的修理地球的歌声
如今想想也十分甘甜

已经百年的梧桐树
都记得我是怎样地在大学里灿烂
因为我不仅收获了爱情
还十分惬意地徜徉在人类精神的家园

当我走进世界的时候
也不经意碰掉了唬人的光环
试图用法律的实证逻辑
让公平统治人间

为了解救全人类的一角
我以企业的名义进行了推演
虽然没有获得赤壁的东风
却也经历了生死存亡的鏖战

---

① 凝翠山坐落在我国内蒙古自治区满归镇。
② 1981年之前，漠河叫作古莲。1981年5月国务院设置漠河县时，采用了漠河的名字。

我捡到命运的时刻
你已经在经济上走得很远
幸亏我有自知之明
随时准备走向出现的终点

终点也不代表圆满
因为生命本就是一个轮回的圆
所以我还在歌唱
在湛蓝的天外
还有一个更加迷人的蓝天

2012年2月16日乘国航CA111号航班从北京飞往香港途中

初访中国美术馆

题记：伴随着兔年春天的到来，人们也渐渐从冬眠中醒来。我们一家四口在清明节后的第一个周末，参观了位于北京的中国美术馆。由于很久没有欣赏画作了，我对琳琅满目的作品有些视觉和感官上的陌生，但在离开这座艺术殿堂之前，还是感到了其中的伟大、寓意和恢宏。20 世纪 80 年代，我曾在加拿大的首都渥太华求学。那里也有不少艺术的殿堂，如 National Art Gallery（国家艺术馆），Canadian Museum of Civilization（加拿大文明博物馆），在课余的时光，陶冶了我至今还旺盛的艺术情操。

一幅幅静谧的场景
凸显出一行行主题
有些诙谐得令人捧腹大笑
有些深刻出人生的轨迹

黑白也是绚烂的彩色
酸甜苦辣都被诉说
如果谁想问个究竟

除了自己苦思冥想

还可以去问还活着的作者

把视觉的功能赋予相机

捕捉世界上的每个奇迹

我紧紧地闭上快要流泪的眼睛

为了阻止就要溢出的渺渺涟漪

好一个动感的造型展品

凝聚了画里画外的许多人群

活生生一个个再造的思考者

怎样用思想将人生一遍遍地追寻

有些线条已经不是线条

也许是流浪者在旷野里对风的持续地欣赏

你可以钟情某一缕划过的传说

任凭爱情肆无忌惮地生长

面对漫画给出的社会棱角

触动了我翘起的神经末梢

好似快速地旅行几个星球

轮番接待唏嘘懊恼愤怒骄傲

真希望我是一张会飞的画皮

最好成为被君子追求的窈窕淑女

如果你在弄堂里遇见我

一定满载千古绝唱的美丽

2011年4月18日乘东航MU271号航班从北京飞往上海浦东初稿

2011年4月20日在上海信安左城酒店808房间继续

2011年4月21日乘上航FM9367号航班从上海浦东飞往襄阳途中完稿

科学的诱惑

题记：为了与一家大型的法国医疗器械公司洽谈，我又一次来到香港。这次来港非常短暂，在香港只住了一个晚上，可谓旋风式。又有机会和好友丘立教授一起，欣赏美丽的清水湾，欣赏美丽的科大。对于我所熟知的香港科技大学，我仍像见了老情人一般，有些痴迷，有些疯狂。

犹如一声平地中的惊雷
你炸开通向真理的壁垒
谁都知道你带来的是什么
一如梦里对你不止的追随

你闯进我好奇的童年
把科学植入我疑惑的眼睛
面对万花筒般的世界
你教会我怎样像孙悟空那样万能

把什么都可以抽象的数学
一直挑动我胡思乱想的神经

直到老师要我们低头惭愧

因为微积分已经在三百年前由牛顿[1]和莱布尼茨[2]同时发明

经过十分遥远的想象

我终于相信物体都在运动

那时真的希望

有一天我会被反作用力推向太空

那个伟大的门捷列夫[3]

成就了对我最初的化学启蒙

不论电子还是质子

都变成我铁杆的同盟

太耀眼的中国科大

是我大学时代的科学明星

莘莘学子时刻梦想着

能为发现和创造而攀上顶峰

美丽的清水湾不仅养育了肥美的鱼虾

还有亚洲第二的香港科大

---

[1] 艾萨克·牛顿爵士，17世纪英国物理学家、数学家、科学家和哲学家，最伟大的贡献是发现了牛顿三定律。

[2] 戈特弗里德·威廉·莱布尼茨，17世纪德国最重要的自然科学家、数学家、物理学家、历史学家和哲学家，与牛顿同时创建了微积分。

[3] 德米特里·伊万诺维奇·门捷列夫，19世纪俄国化学家，他发现了元素周期律，并由此发表了世界上第一份元素周期表。

我不断反思年轻时对文科的选择

不知何时才能向着充满诱惑的科学进发

2010 年 11 月 10 日至 11 日在香港科技大学云水轩 401 房间初稿
2010 年 11 月 12 日乘南航 CZ3390 号航班从深圳飞往长沙途中继续
2010 年 11 月 27 日乘国航 CA1386 号航班从襄樊飞北京途中完稿

打盹的历史

题记：仿佛在地狱死过，或者在天堂重生，反正经过一次磨难般的鼻息肉手术后，我与世界失去了联系。这次来宁波是受加拿大好友蔡琴之约，来宁波与曹总办理法律事务。在甬的一个晚上，我见了两年前曾见过的梁国强先生，他是成功的企业家，并对自身有极高的反省，活生生是我的座右铭"人贵有自知之明"和"知足者常乐"的典范。我们坐在他位于东港波特曼酒店的公寓的榻榻米上，品着他的茶，从金融海啸到文明历史、从企业海外扩张到中医中药、从儒家伦理到佛法精髓、从建筑美学到诗歌美学，足足谈了两小时。正所谓"与君一席话，胜读十年书"。

折腾了一年
我翻飞了几万公里
在一张摊开的纸上
求证人生的真谛

岂不知你早已等候在晨曦
把载满黄昏的梦想吹向慌张的肉欲

用一张玷污有血迹的床单
将仅存的思想匆匆地裹起

你知道我会找到那泛滥的知识
以红色的唇膏涂抹不知所措的伦理
永远都不愿见到阳光
宁可忍受光荣的孤立

我并未走远
你却变得像陌生的墙壁
不断撕扯着我的影子
用满身的涂鸦和裂痕覆盖我行走的躯体

而这躯体竟是我的全部
是我五十年唯一的积蓄
我必须一直睁着眼睛
生怕在还没等到你的一刻
像梦一样沉沉地睡去

你没再给我机会
而是让一瞬成为历史
即使在打盹的时候
也是如此相似

2008年12月30日乘国航CA1839号航班从北京前往宁波途中初稿
2008年12月31日乘国航CA1840号航班从宁波返京途中完稿

窄播时刻

题记:《数字化生存》(Digital Being)的作者描述了窄播时代的到来,而我却已经过上了窄播生活。

不知不觉
许多追求个性化的需求
物化成网络上的许多可能
经常改换的头像
如同经常变化的网名

我不是轻舞飞扬
没有迷人的咖啡色的书包
只有时时打开电脑和记忆机
播放技术带给我视听的本领

如果有意外的感觉
一定就有出轨的事情
我选择了节目

而节目早已由别人确定

如果你不反对
你就是我的窄播
从桥头到林荫道
你始终挽着我

我走我的路
我听我的歌
我笑我的笑
我乐我的乐

请你
别用另类的眼神把我琢磨
别让除了羡慕之外的情感
组成你无奈的寂寞

再告诉你一次
请你别管我

2008年9月22日乘上海航空FM9115号航班从上海飞北京途中

红包的诱惑

题记：中国社会是一个以礼相待的社会，民间的礼尚往来被视为平常之事。微信的红包功能使得这种社会功能通过网上渠道得到尽情的诠释和释放。

当一个红红的包裹出现
所有的眼球不再错过
当货币的符号和数额被打开
心里会升起衷心的快活

为了迅速得到奖赏
只见手起手落
红包已经抢到
宛如匠人一样利索

可总有失手的时候
因为手慢耽误了动作
只好望洋兴叹

仿佛失去了太多

实际什么也没有失去
也许这就是生活
并不是所有的好处都给你
你也不是一直被全世界宠着

地球离了谁都会转
不在乎你是神还是佛
塞翁失马也许是福
找到马儿也许是祸

可惜总有不明白的江水
白白地纯洁岸边的污浊
我们可以拥抱真正的幸福
只在心静的时刻

2017年6月2日乘天铁从拉法叶湖－道格拉斯站赴阿伯丁站途中

漂泊的独木

题记：以下是一篇由我主持的雪楼诗书小集的提纲：

雪楼诗书小集

诗书沙龙

1. 1998年10月沙龙话题：最新新诗欣赏——秋叶里的爱情

洛夫老师讲解他的作品："日落象山""秋之绝句"及路痕"镜"、平川"铅笔"、王添源"如果爱情像口香糖"。

冬冬介绍大陆最新诗人的新作里的秋天的恋情：

方舟"从一个季节走过"、伊红"秋—之二"、西川"一位不便提及她姓名的夫人"、欧阳江河"冷血的秋天"、陈东东"秋天看花"、商子秦"秋忆"、田章夫"秋日，相邻的树"、龚湘海"漫步秋天"、慈公"秋—给妹妹"、李英之"她"、肖开愚"秋天"。

翟永明"重逢—第一次"、孙文波"最后的秋日"、艳齐"雨后情丝"。

请各位成员朗读自己的作品：

阿浓、陈浩泉、谈卫那、刘慧心、曹小莉、冬冬"月圆月弯""秋色""秋的思绪"、其他成员。

10月25日星期日上午9:30在洛夫老师家集合。然后分乘三辆面包车去枫树岭宝岛农场举行"秋叶里的爱情"。请各位每人带一份食物。

洛夫家地址：xxxx

冬冬联系电话：xxx-xxxx (RSVP)

枫树岭宝岛农场女主人 (Risa) 电话：xxx-xxxx

以上这份雪楼诗书的活动清单，可以反映 18 年前洛夫在加拿大的漂泊历程。

心灵曾有的震颤
一直延绵到今天
唯有已经伟大了自己的使者
才能撑起还未走远的诗篇

既然已经漂泊了
哪还在乎此岸彼岸
更何况离开漂泊的出发地
已经没有了往日的斑斓

如果人生注定孤独
那我们何不早点曾经沧海
不用见过所有的云
因为你已经翻越了巫山

不知《漂木》激起的浪花
是否释放了两千年的氤氲

第一辑　苟且地活着　033

是否将所有心灵和肉体的割裂
都还给留下了《史记》的司马迁

我也许想多了
变成了太多繁星的夜晚
而本来你是那盏月亮
是点亮星星的光源

即使没有河流
我也要顺流而下
既然已经见过高山
那一定要和流水见面

2016年9月1日于温哥华本托儿中心四座3104室初稿
2016年9月3日于温哥华高贵林伯克山庄家中完稿

看球

题记：徐谷、向荣、李雄晖、杨雪梅、陆军、李萍、张英姿、米歇尔、富兰克吕、兰虹、欣灵和我，在仙人掌俱乐部，喝着啤酒、吃着西餐、看着篮球。

我看你的时候
以为你在看我
可你和我对不上表情
仿佛安错了的时针和秒针
一个向前
一个向后

我以为你喝高了
只是你的脚还在下面
头还在昂起
眼睛已经奔跑
球起球落
酒成为最贴心的道具

球都飞出了屏幕

一阵骚动的余波

照样擎起雨滴

始终无法落下

浇灭满地的青春

如同没有客人的驿站

告别也是一种狂欢

直到球滚到路边

猛龙或者勇士

谁在篮球场上吮吸

两杯喜力的呐喊

耳环一样的篮筐

心已经扣篮

欢呼还在涌动

灯火已经阑珊

2019年6月7日端午节在列治文购物中心仙人掌俱乐部

校友之歌

题记：我的这些可亲可敬可爱的校友啊，有牙克石林小的、满归林中的、武汉大学的、四川外语学院的、渥太华大学的、约克大学的、鲁迅文学院的，这样神奇有趣的校友啊，我多么的幸运，能把人生的一段与你们分享。这次新冠疫情爆发以来，我的武汉大学校友，为了那一份对珞珈山的眷恋和热爱，对知识和学识的信仰和崇拜，对武汉、对湖北、对中国，捐助着、呐喊着、忙碌着，他们如痴如醉、如歌如泣、如诗如画。

沿着蛛丝
汇聚到一个点
我们旋转这年轮
仿佛消磨不可消磨的时间

绿皮车爬出山沟
如同在泥泞中骑着自行车
踩着坑坑洼洼的青春
时刻梦想着被彻底地诱惑

经过几年的亲密接触
即使病毒也无法制造隔阂
那些在校园徜徉过的小路
一直构成闲时的咖啡
也一直衡量生命的沉沦

所有的丝线都连成梦
在黄粱的下面
震颤那些不肯远去的曾经
曾经未说出口的话语
一定能把未来的日子
烧成火焰
或者平静成湖水
把很多不期而遇的崎岖
磨平

那些裹着万水千山
可以泪流满面的校友
我的心已经有你们构成

2020年2月18日于温哥华列治文斯蒂文斯顿

星巴克咖啡（Starbucks Coffee）

不肯远去的忧伤

题记：曾经把自己全部的爱和依附在爱上面的生命托付给了她，托付给了她所在的城市，而她竟然绝决地离开了。

只知道往南的方向
可以一直走
也可以拐向旁边的小道
如果一直往南
有一座桥
也许会有相同的秋风刮过
不会有相同的人影

桥上还有夕阳
还有被怀念的晚霞
如果仰望被楼宇切割的天空
总是觉得这是你光洁的面庞
被切割
经过春夏秋冬

就变成了星空
变成了遥远的遗忘

也许天空就是遗忘的向往
无论多么巨大的眼泪
都无法滴落在地上
只好化作一朵又一朵的云
飘向未知的远方

我试着走向南方
靠近那座孤独的桥
因为匆匆而过的人群
没有停下的缘由或者欲望
所有的缘由都给与了我
所有的欲望都送给了南方

2017年10月23日在天津智选假日酒店1507房间初稿
2017年11月18日乘D6620次列车从北戴河赴北京途中继续
2018年5月6日在温哥华高贵林中心章节书店旁的星巴克完稿

玫瑰树乔治亚宾馆的下午茶

题记：经过长久的等待，温哥华终于迎来了春天的下午阳光。街上人头攒动，树枝发出新芽，苞蕾竞相开放。就连平静的下午茶，也杯盏交错，热闹非常。

如果去想象
请一定给我一段超长的时光
因为我想穿越所有的隧道
让所有的从前都重新登场

我会捡起河边的鹅卵石
在小河上让水花飞扬
里面涨满了仍在红润的调皮
还有许多狂躁等待释放

都说人生可以燃烧
而我竟始终在平静地流淌
如果不是因为那一片已经消失的林子

我一定还在野蛮地生长

其实林子也有自己的悲伤
随着春天也开始流浪
只要有一片愿意收留的云朵
林子也不愿就此消亡

早就知道鸟儿可以歌唱
只是歌声并不总是悠扬
失火后的山坡和草场
总有鸟儿和我在倾诉衷肠

本该享受的下午茶
混进了不羁的思想
我就是一座快要沉没的孤岛
而你早已变成了汹涌的太平洋

2017年3月30日于温哥华玫瑰树乔治亚宾馆贝尔咖啡馆（Belcafe）初稿
2017年4月1日于温哥华缅因街自由咖啡店（Liberty）完稿

膜拜啊，摩拜小单车

题记：2017年2月的一天，我在北京发现了很多橘红色的自行车，长得都一样。一问才知道这是最新的"互联网+"的成果之———共享单车。此后我在北京、上海、武汉的街头享受了这样的便捷而经济的服务，赞。

空喊了很多年
西方的大街小巷
解决了最后一公里的困惑
竟然是中国的经济共享

仿佛离散了很多年的亲人
我又一次在祖国的街道上飞扬
脚在旋转轮子的同时
心也插上了飞翔的翅膀

穿越高楼林立的社区
流动的摩拜就是飞舞的阳光

扫描每一个张望的窗口
又把未来送给每个经过的脸庞

别再向我展示纽约的出租车
炫耀伦敦地铁的蜘蛛网
见过了北京上海的摩拜
我知道中国在怎样地变样

互联网加上创新者的狂想
一定奏出二十一世纪最美的乐章
厚实的土地加上勤劳的人们
一定能成就最伟大的梦想

2017年5月11日乘G83次列车从北京西赴郑州东途中

与螃蟹对话

题记：我们来到了省立罗伯茨纪念公园，钓了十几只螃蟹。我的左手中指被一只螃蟹夹住。我们想到了《一千零一夜》里的渔夫与所罗门魔王的故事，想到了邱华栋的《唯有大海不悲伤》，想到了欧内斯特·米勒·海明威的《老人与海》。

张牙舞爪地离开了水面
手忙脚乱地掰开网子
一个在网上
一个在网边
本来属于不同的世界
今天却有了如此尴尬的相见
似乎比围住我的时间早了
又没有迟于爽约的脚步
是横着来的
又没有影响别人
你是我行我素
我是天马行空

遇到我们

精彩可以重现

你在青春的时候

发下了浪花般的咒语

谁要是把我捞起

我一定成为他最美的晚餐

直到你脱掉了稚嫩的外壳

海面平静如冰

我错过了与你最美的相遇

海底成了你离不开的家园

海水开始变蓝

眼睛凝聚了所有的怒火

你张开钢铁一样的钳子

直接让血喷涌

染红

我粗犷的山林

我行进的脚印

我期待的远方

我奔腾的诗篇

2019年6月12-13日于温哥华岛纳奈莫诺廷顿街154号家庭旅馆

毕业的愿望

题记：大学毕业时，我觉得还没有尽兴。

充满期待地来
却在不知不觉中离开
一如身体沿着东湖走向珞珈山
灵魂始终不肯离开

那时的我对未来没有想法
还以为像樱花一样可以岁岁年年
因为落叶松用落叶铺就的来路
开始了一年一度的积淀
直至厚如火山灰
飘洒人间

唯一记得毕业时
收到了一篇预定的墓志铭
我已经提前躺在了

人们的遗忘中

如果说有什么愿望
那只是如石桌石凳一样
守望着校园和青春
任岁月和热情白白地流淌

看惯了潮涨潮落
忘记了云卷云舒
只有一种无处安放的期待
何时从那里毕业

2018 年 6 月 12 日在武汉弘毅大酒店 1909 房间初稿
2018 年 6 月 12 日在武汉珞珈山庄 1116 房间完稿

除夕之夜

题记：今年春节，大姐一家（巾巾、照民、萱萱）、艳艳一家（艳艳、永泉）、我们一家（冬冬、黄钦、黄朕），于然一家（于然、孙明、孙若天），中间还有孙钺、耿铁、孙军等的不断加入，加上其他亲属（王景富、小芹、王薇及王律师一家、孙照泉和美花一家、小美和野耀一家、于永和大嫂一家，以及高桂枝和张哥及其儿子媳妇孙子一家），齐聚北戴河，围绕着93岁高龄的父亲，共同营造着过年的氛围。

怎么也没有想到
我们如同进京赶考
飞翔了万里蓝天白云
来到北戴河报到

一切的等待和祈祷
只为了这除夕之夜的喧嚣
当该到的人都到了的时候
爆发积攒了一年的热闹

什么叫归心似箭

什么叫望眼欲穿

几千年流传下来的传统

给了我们永久的骄傲

灯笼映照着路边门口

酒席摆上全家的欢笑

各种祝福的话语

像决堤的长江在滚滚奔跑

怎么热烈也不过分

因为一家人吃上了热腾腾的水饺

高高举起的酒杯里

就是对幸福最贴身的拥抱

腾空而起的不仅仅是绚烂的烟火

还有孩子眸子里梦想在闪耀

噼啪爆响的烟花下

散发出未来的美好

和比美好更好的妖娆

2015 年 2 月 19 日在北戴河车站村家中初稿
2015 年 3 月 18 日在温哥华高贵林伯克山庄家中完稿

家的感觉

题记：羊年春节，我和黄钦、黄朕回到北戴河看望了93岁高龄的父亲，并与家人一起过了年。然而有些变故还是令人心疼。

　　　　许多年后我还会想起
　　　　歌声比我早了半个时辰
　　　　把热腾腾的一杯大红袍
　　　　泼洒成漫天的冬雨

　　　　见不到一点影子
　　　　不全是因为天黑了
　　　　周末也变得无影无踪
　　　　沙发比冰还凉

　　　　但梦又到了什么地方
　　　　有谁知道候鸟飞去了何方
　　　　照片都变成了数码
　　　　底片早已被遗忘

比预料的还准确许多倍
天上的星星都陨落成了灰
不论你愿意不愿意
地球和世界并没有摇摇欲坠

早就预备好的晚会
变成了窗前的遥望
冰山都化了
只有永冻层依然坚不可摧

家可以在院子里种植
如果你愿意
家也可以是太阳
那里有足够的温暖
足以抵御宇宙里的冰凉

2015年3月8日乘东航MU5120号航班从北京飞往上海途中初稿
2015年3月9日乘东航MU581号航班从上海飞往温哥华途中完稿

沐雪

题记：珞珈山下了一场雪，我却一直在太平洋的东岸等待。珞珈诗派的几位诗人题写了关于雪的诗，凑数。

无论怎么远眺
都不知你从何处来
把所有的五颜六色
都用洁白串起

不知你用了怎样的力气
挣脱了天空的帷幔
碎裂成无限开放的舞蹈
让所有干涸的眼睛开始奢望

有了你的铺垫
有谁还记得那红尘滚滚
大地留下了几条行走的痕迹
那是浪迹天涯的彗星飘落的话语

你让我们有了忘记
知道在最寒冷的季节
用最美丽的憧憬
掩盖最黑暗的劣迹

至于春天
如同她的回眸
还遥远成一个传说

2018年12月31日于温哥华列治文利兹波特中心（Richport Town Centre）

留守 2018

题记：图书馆学系七七级的师姐高青在哈佛大学图书馆工作，在同学群里邀诗。

真的想使出洪荒之力
让时光倒转
至少停滞在我的原地
留住 2018
和一起同行的歌唱

或者
把这世界与我剥离
冰冻上我半老不老的躯体
等到 2118
我复活的时候
世界开始下雪
我成为雪落时的话题

或者
把我当作第一批移民火星的人
与地球和环绕我的梦
永远告别
因为只有星星和太阳
在我身边驻足
太空是我活动的场所
消失是我不得不接受的真理

或者
让我混入火葬场的熔炉
用完最后一滴雪花融化的顽强
灵魂如果有
一定升入天堂
在银河畔游荡
如同两千年前的屈子
面对彻底混浊的世界
只有化作雪花来涤荡

我已经决定留守在 2018
除非遇到千年一遇的美女
除非我蜕变成白矮星
龟缩在宇宙的黑洞里

2019 年 1 月 1 日于温哥华列治文利兹波特中心（Richport Town Centre）

第二辑　私奔到远方

温哥华的家——2011年10月

无论如何

心也须一起前行

把所有长不出爱的心田

交给下一个白垩纪

在童年的岩石上

风化出隔代的生命

如同我们走进侏罗纪公园

再次惊愕

硕大的恐龙如何横行

——《纳奈莫小夜曲》

中秋的北戴河音乐喷泉

　　题记：2008年9月14日-15日中秋节我们全家（大姐、二姐、小玉、于然、孙明、Orien、Cheny和我）来到位于北戴河海滨的奥林匹克公园音乐喷泉广场。随着音乐的响起，水池中的泉眼竞相喷发，或者像婀娜多姿的少女，或者像翩翩起舞的嫦娥，或者像楚楚动人的村姑，气象万千，把整座公园渲染成心中的狂欢。

仿佛夜里的春天
媲美山花的烂漫
在皓月当空的中秋之夜
你散发出迷人的气象万千

本应与你同行
告别黄昏时的太阳
穿过熙熙攘攘的星星
好在今夜盛大的庆典当中
与你一起共鸣

奏出那首我们舞动的乐曲

河边山边海边
属于我们的许多曾经

赤峰桥①边飞舞的裙带
还有漫过肩的黑发
在你忧郁的眼中
任凭晚风的拨弄

捧出山坡的兴安蓝莓
眼帘微微地卷起
一如高耸的大兴安岭落叶松
让过往的云朵落地

有谁留意夕阳下的西班牙沙岸②
目睹了一场生离死别的绝恋
如果不是第二天又升起的太阳
我真的不知道怎样生还

不知怎样让你扯下
在夜幕里飘舞的风筝
以免在众目睽睽的白日
被喧闹的市场吵醒

2008年9月16日于北京建外新华保险大厦15层1567室

----

① 赤峰桥连接天津海河的两岸,我们曾经无数次的经过。
② 西班牙沙岸(Spanish Bank),是温哥华的著名沙滩,可以隔海遥望市中心。

措瓦森的晨曦

题记：起个大早，赶个晚集。一行人来到措瓦森，准备登船，舱门却刚刚关闭。记得1986年，我在北京站与我的二姐也经历过一件这样的事。

早晨的太阳总是同样
无论你是否赶上时间
经过寒冷的夜里
叶子还是感到欣喜

船儿行走在海面
总觉得大海在围着我旋转
岛屿镶嵌着大海和天空
唯有我是它们聚合的点

也许这就是我的价值
可以连接白天和夜晚
还可以连接过去和未来
只需要图上的航线和水中的轨迹

划出海上的弧线

一想到那些矗立的树干
丢失了叶子
还要挺直腰杆
劈开秋风
如花的心
就开始酸

五彩斑斓的林子里
我还在遥想着绿色的容颜
曾经温暖的春风
怎样演变成秋风的微寒

需要把握的灯光射向我的那一束
里面总是有温馨的晨曦
就是凭着这点
我敢于拥抱天亮

2018年10月13日乘不列颠哥伦比亚精神号轮渡从措瓦森码头去
施瓦兹湾码头途中

刷屏马蹄湾

题记：加拿大华人作家协会组织了第一次文学营活动，我很兴奋，好像海和天都跟我一样。

沿着目光覆盖的碧绿
我们来到蓝色的岸边
只用粉红色的初梦
捕捉阳光故意留下的黑暗
而那些泛入天际的白色
都被乌色的云层收拢
留下灰灰的鹅卵石
洒在月亮期许的白天

马好像已经很久远
蹄子的声音坠入波浪的信息
只有那想象了几遍的草原
逐渐升起
只消一杯咖啡的工夫

空间就没有了回旋余地

即使是歧路

也可以找到那只漂移的船

有些水围成的土地

不能成为半岛

有些土地围成的海水

并不叫作港湾

唯有这由浅入深的马蹄

符合我眼眶的高低

可以容纳海水般的泪水

自由地往返

2019年6月11日于温哥华岛纳奈莫诺廷顿街154号家庭旅馆

纳奈莫小夜曲

题记：陈浩泉、陈华英、卢美娟、陈丽芬、青洋、曹小平、沈家庄、我在温哥华岛的纳奈莫唱起了歌，一首又一首，特别是《绿岛小夜曲》。

拐角时碰了一下最低的那颗星星
树枝扬起了夜晚的童年
扯上月亮流出的裙摆底边
没有夜莺也要自己唱到子夜时分
直到山后面的影子也婆娑起舞
满地都是天地交错的互动

曾经想你想到夜开始撒野
封存了千年的好酒
溢出一串刚刚高过树冠的憧憬
以为自己还年轻的灌木丛
走进很想波澜一下的湖水
把歌声当作暗号
任凭风随意地偷听

那双折叠了一切障碍的明眸

如最大的屏显

展开了今夜产生的倩影

只有胸前的空间

成为最后的里程

无论如何

心也须一起前行

把所有长不出爱的心田

交给下一个白垩纪

在童年的岩石上

风化出隔代的生命

如同我们走进侏罗纪公园

再次惊愕

硕大的恐龙如何横行

2019年6月13日乘坐橡树湾女王号轮渡从纳奈莫出发湾码头去温哥华

马蹄湾码头途中初稿

2019年6月14日在温哥华伯克山庄家中完稿

飞翔的高铁

题记：金秋十月，我来到北戴河看望老父亲。之后，我乘高铁来往于沈阳、北京、天津、上海、苏州、北戴河等地，与中国高铁有了更亲密的接触，感慨良多。

第一次感到了风驰电掣
让飞翔有了接地的感觉
仿佛长了隐形的翅膀
因为我坐上了中国高铁

房子一排排后退
连同一片片景色
存在了千年的神州
从未见过飞翔的火车

南飞的雁子从窗前掠过
出膛的子弹也转瞬即过
因为高铁正在追赶声音
让嗫嚅的耳语也感到羞涩

有了这样的速度

我可以追星赶月

有了这样的飞翔

我可以赢得嫦娥

曾经梦想做一块高傲的云朵

在大地上空随意地快活

如今我已经不需要上天

因为地上已经有飞翔的欢乐

惊叹为何杯盏竟然如此稳妥

对面的女孩可以任意放射秋波

如果你要在此做一个科学实验

一定会得出异性相吸的结果

高铁带来的惊喜

何止这些那些

时尚的不仅是微信和团购

高铁正在成为一种社会之不可或缺

2014 年 10 月 24 日乘 G2225 次列车从北京南赴天津途中初稿
2014 年 10 月 25 日乘 G1245 次列车从天津赴北戴河途中继续
2014 年 10 月 26 日乘 D10 次列车从北戴河赴北京途中继续
2014 年 10 月 28 日乘达美航空 DL128 号航班从北京飞往西雅图途中继续
2014 年 11 月 14 日在温哥华伯克山庄家中完稿

梦飞滨海

题记：2010年10月11日，我开车从北京来到天津滨海，参加2010天津华侨华人创业发展洽谈会。会议期间，又见到了多位来自加拿大、美国、日本、欧洲等地的华人朋友，大家交谈甚欢。人们对滨海新区的变化无不感到震撼；对天津发展前景，无不感到无比灿烂。

仿佛为了谋划此次的见面
你刻意准备了盛大的晚宴
里面摆满了各种颜色的梦想
都是期待在这里起步实现

你捧来一湾蓝色的梦叶
沿着海潮向世界伸展
波浪涌出你迷人的眼神
一起欣赏舶来的梦幻

忽有紫色的幽梦在树下呢喃
叙说着还未飞翔的年轻的诺言

如果连想象的浪漫都被劫持
谁还会傻子一样等到永远

毕竟黑色的土地孕育了黑色的夜晚
黑色的幽默勾起黑色的梦魇
不要以为太阳一定能够拯救所有的灵魂
等待你的也许是黑黑的灿烂

不要把金色的秋天放大成黄金的童年
因为我们早已像熟悉橱窗一样熟悉了里边的斑斓
你拜她拜谁都可以乱拜
真理和上帝始终没有变成黄金的早餐

缤纷的世界已经在成片的塔吊中沦陷
隐约会有我救命般的呼喊
其实这才是所有表象的底色
只是无色的你我已变成视觉的习惯

2010年10月13日在张家界蓝天大酒店307房间初稿
2010年10月14日乘奥凯航空BK2814号航班从张家界飞往天津途中继续
2010年10月15日乘C2014次京津城际列车从天津赴北京南途中再续
2010年10月15日乘国航CA991号从北京飞温哥华途中又续
2010年10月26日在温哥华君悦宾馆星巴克店完稿

穿越乔治亚海峡

题记：又一次穿越这条隔开温哥华岛和加拿大西海岸的乔治亚海峡，水和天的蓝色以及舞动在其间的绿色，构成了旅途的主色调。

又一次出发
也是又一次归程
水还是原来的水
只是承载着路边搭载的野花
那只露头海豹的好奇
和重回大海的紫色海星

寻找回家之路的张望
借用白云展开的眼睛
随时可以选择落下的目的地
也可以作为路过的观众
不必深入了解景色后面的排练
委托土地和海洋
继续那些有价值的期许

送给已经飞翔的滔滔不绝

滚开的浪花一路证明

谁在分给我一杯咖啡的余温

把心的第二章节

奏成满天的星星

即使钻进云朵的耳朵

也无法用仅有的夏日午后

猜出朝阳升起时的心情

好在结束也是开始

泪流也是无言的笑声

好在世界还有世界

人生还有人生

2019年6月11日乘考依琴号轮渡从温哥华马蹄湾码头去

纳奈莫出发湾码头途中

想象张家界

题记：为了考察一个投资项目，我踏上了飞往张家界的路程。虽然没有到访过，但早闻其如四川九寨沟、云南香格里拉的大名。喝完咖啡之后，尽管还有近一个小时的路程，总觉得文字在心中搅动，好像非吐出来不可。在张家界住了几天，忙于商务，加上天公飘洒如雾一般的小雨，我决定放弃去你惊世的山里，而留给下一次。正如大禹，路过家门而不进入，绝。此诗原载于2010年4月19日《张家界日报》第三版。

你到底是怎样的美丽
只用一个传颂的名字
就征服五湖四海
让心挤满千言万语

你属于高贵的公主
俯瞰大地上熙攘的万物
不知你是否特许我与你并肩
一览众山的臣服

也许你早就心有所许

留给我的只是跨越时空的期许

万一有一天你受了伤害

我一定用绝恋般的爱情化解你的委屈

哪怕只是想象中的你

也会触动积攒了千年的勇气

我所能做的

只有用所谓的思想抽象你的魅力

送给我一个飞吻外加一个约会

好让我有足够的理由把梦的空间进行精心的准备

即使你已经属于别人

我也会和春天一起为你陶醉

似雨似雾你一直羞赧

仿佛为了勾引还在犹豫的爱恋

只好将期许都包好

变成你今后日子里不变的诺言

2010年3月29日乘国航CA1359号航班从北京飞往张家界途中初稿
2010年4月2日乘国航CA1350号航班从长沙飞往北京途中完稿

布查德花园的秋天

题记：好像多彩的季节都有所属，布查德花园也不例外，只不过这是种唯一。

本来已经木讷的表情
被拉扯出层峦
竟然有那么多秋天的花儿
争着扮演阳光和笑脸
我如同一尊蹲了千年的石头
任凭人们观摩
花瓣无意间地飘落到我的身上
无声的缄默里含着许多

人们定势地把春天和花儿搅在一起
可露珠可以在寒峭中失身
问一下前面的冬天
是春天
将纯洁的雪花污染

所谓的万物复苏只是一厢情愿

梅花都凋零成枯枝

唯有这丰满动情的秋天

成就了花儿的辛劳

把新生的果实

奉送给路过的风

和旁边的土地

做一颗石头

在布查德花园的西北角

可以得到五百二十七片叶子的抚摸

还有一些果实

在风的缝隙里

把沁心的菊香

留在至东篱边上的空地上

余香袅袅

之后招手成屡屡炊烟

2018年10月13日乘不列颠哥伦比亚精神号轮渡从措瓦森码头去
　　　　　　　　　　　　　　　施瓦兹湾码头途中初稿

2018年10月29日在南京安朴酒店8718房间完稿

心留芭提雅

题记：按照拜伦的逻辑，我应该遇到芭提雅的少女，然后留下一颗心和流传千古的诗句。只是知道宾馆的一位叫沃腊达（WORADA）的女孩，笑容甜蜜到天边。

终归要把什么留下
椰子树下的走了一半的海风
还是遇到知音才会升起的梦
一直寻找那颗如红宝石一样的心
可以切割我布满额头的年轮
没有欲滴的红唇
没有凹显的腰身
即使把泰国湾当作爱琴海
心还是迷失了雅典
从此放开晨雾
权当放飞憧憬

如果一块石头

挡住我沿着海风的回首
我会一吐满含芳华的奔腾
寻找遥远的冬天
让雪花在你的眼帘前烂漫
即使肆虐也是一种温暖

心都去哪了
大漠的风烟里没有
月光下的海滩上没有
远方的诗行里没有

芭蕉叶下未干的露水
或许可以滋润一路的风尘
用我们唯一的一次耳语
记住这火热的芭提雅

心从此不再孤单
但愿你相信

2018年11月30日在泰国芭提雅迪瓦丽杰姆媞恩海滩宾馆
（Dvaree Jomtien Beach）916房间

春熙路的人潮

题记：驱车来到春熙路——成都的市中心，感到人潮汹涌，联想到在消费主义的时代，人多也就是消费者多，是市场发达的必要条件。

爬上了栏杆
那个长得像灵魂的东西
鸟瞰着一簇簇人头
像金针菇
打开一朵朵阳伞
伞下弯曲成随时可以丢失的谜底

迎面而来的时候
总有目光在躲避
宛如偌大的兴凯湖
除了船儿和波纹
还有如镜的湖面映照出的秘密

回首而去的时候

仿佛失去了《魂断蓝桥》上的相遇
如果可以
我一定用熬过了冬天的余热
把塔拉的太阳再次升起

我已经走出了人流
摩擦和火花
在湿漉漉的台阶
倾盆或者瓢泼
浇透我和家的距离

2017年10月8日在成都雅居乐豪生大酒店1612房间初稿
　　2017年10月9日在西安和颐酒店8603房间完稿

马六甲的海

题记：通过柔佛海峡，从新加坡来到了马来西亚，驱车400公里，到达马六甲海峡东岸的马六甲小镇。

姑娘饰戴着头巾
鸟儿把夜唱响
刮了无数次的印度洋海风
今夜也不记得
滴落的雨
重复熟悉的落下
我可以躲避
但选择抬头接住雨滴
没有冬天
没有雪
心好想沐浴寒冷

十字路口
船和人

背着想留在故乡的童年和心
来自刘家港的宝船
卸下文化
而来自里斯本的砖石
修建了圣保罗山要塞
变成今天的风景

温带特有的冬天
这里并不接受
时间被天空分割
我只是天空包裹的微粒
只可以观望经过的波澜
海是我们路过的泉水
拥有超过土地的泉眼
我可能被随时淹没
也可能再次出现

> 2018年12月4-5日于马来西亚马六甲海峡酒店公寓
> （The Straits Hotel & Suites）603房间

告别南方的南方

题记：中国的南方通常指长江以南，而中南半岛上的泰国、马来西亚和新加坡，在中国的南方的南方，与中国的南沙群岛的纬度相当。

第一次理解什么叫作南方
从此放弃那些无谓的张望
孩提时就有的世界
开始融化
瓦解成满眼的迷茫
文明以各种姿势走上舞台
带着语言和宗教道具
如同茂盛的热带植被
遍地生长

曾经无数次地想象
我那魂牵梦绕的南方
只有到了真正的南方
我才理解大漠的厚爱

才知道雪花怎样绽放
细雨拱桥的脚步
纤细西施的模样

可这真正的南方
包裹头巾的马来少女
辣口和甜味混合的风味
清真寺的祷告一遍遍播放
我安静成一尊雕塑

如果我随着郑三宝的船来到南洋
我会圈出一片海岸和岸线后面的土地
成为自立的王者
然后以自然的名义
发布和平的号令
在每一棵树上
让邪恶不再蔓延
仇恨永远见不得阳光

我真的可以走了
告别我亲手创立的国家
陪我见证了世界的南方
因为我属于诗
必须歌唱所有的土地和阳光

2018年12月8日乘南航CZ350号航班从吉隆坡飞往广州途中

梦恋水晶晶

题记：从曼谷去芭提雅的路上，导游阿海告诉我们，少女叫"水晶晶"，妇女叫"水汪汪"，老妪叫"水干干"。

一双眼睛
可以晶莹成一湖的泪水
如果美到极致而伤心
也可以点燃整个海面
作为湖水的后备
如果美丽升级成热恋

一颗椰子树
可以过滤风景
海风都双手合十
目送飘过的芳华
把阳光揉搓成黑发
让背影也散发魅力
挪开渐渐落下的夜幕

只有塔克拉玛干
能阻挡水的冲动

一串穿越土星的话语
滴落年轻的流星
用巨型钻石的光辉
驱走你闭眼时的黑暗
我只能作为其中的影子
随着你的眼帘而显现
无需经过激烈的棱角
凝固成爱情的冰凌

一只张扬的梦
飘进曼谷的夜
手持随缘而来的目光
让话语为你翩翩起舞
我追着流血的橡胶树
痛并快乐着
一如伤痛而后的死亡
像三文鱼四年后的逆流而上
不管怎样剥落
你还是披着金光
热浪下的热吻
顶着一直偷窥的月光

2018年12月2日在曼谷奇迹酒店（Miracle A）11003房间

捧起新加坡

题记:来到著名的花园城市新加坡,泛起一些历史、一些现实、一些情感。

微风被袖珍成耳语
风暴被袖珍成记忆
岛被袖珍成星星
我被袖珍成忘记

触屏的时候
才知道你是淡马锡的后代
没有被狮子吃掉
所以只有前进
幸好有雨树的遮挡
风雨无法肆虐
来自灵魂的噪音
都升腾成乌云
飘向天边

然后散去
像毕业的坏学生
从此被祥和成笑脸

小草拥有自己的天空
一滴水的痛苦
只有大海可以容纳
最边缘的波浪
就化解了如天的恩怨
如果风可以向蓝天许愿
心被想象成杰里克海滩
我会背上白日才有的梦想
在新加坡河上潋滟

来往的船只
都载有我流畅的风情
泛起的波浪
如捧出的雨花
在全球浪漫

2018年12月4日在新加坡樟宜乡村酒店
（CHANGYI VILLAGE HOTEL）331房间

高速下的中国

题记：尽管我经常回到祖国，但还是对密如织网的高速公路网感到振奋。从最早的沈大高速公路，到后来的京津高速、沪宁高速，我走了很多中国的高速。如今又行驶在中国西南西北的高速公路上。

把连绵的山都连成天
把天扯向更加无畏的远方
在山间连成的线上
我只知道向前

乘着快乐的心情
我可以抵达太白笔下的青天
目光抚摸着每一棵树和每一块石头
而我只顾往前
前方也没有什么眷恋

我漫步在高速公路上
一切都如两岸一样

携带着我的目光
向后流淌

如同北方的冰糖葫芦
串通的隧道都甜蜜如糖
隔着空暇的山间
我宁愿充当落下的太阳

如同拔丝香蕉中的丝线
怎么看都是一种精彩
是一种含着晶莹的绽放

我不想离开你的肩膀
不想离开你去其他的远方
随着你深入的
一定是一种实现梦想的生长

2017年10月11日在武汉君宜王朝大酒店0933房间初稿
2018年5月6日在温哥华高贵林中心章节书店旁的星巴克完稿

壁画镇

题记：我们一行沿着温哥华岛的东岸来到了叫作彻梅纳斯（Chemainus）的小镇，街边的墙上画着各种各样的画，有伐木、思乡、欢迎等。

总是有人观察我们
总是有星星闪耀天空
仿佛有一条时间的围巾
缠绕着道路和思绪

如同那著名的画皮
我开始重现前半段的场景
走进平整的画面里
木头有了棱角
十九世纪的阳光也有绚丽
我被热搜成大海
几乎每一口呼吸
都带来无限的希冀
帆

连同世界一起升起
如果需要
一切都可以再次重演

风如往常一样
追随远去的喇叭声
街道都被分隔
红杉树宁静地摇着叶子
只有墙壁
承载着我们
奋力地划桨

原来历史可以走来
我们也可以走去
未来可以不来
如果我们开始放弃

2019年6月12日在温哥华岛纳奈莫诺廷顿街154号家庭旅馆初稿
2019年6月17日在列治文办公室完稿

驱车穿越秦岭

题记：从兰州沿着兰海高速，从甘肃进入四川，几天后又沿着京昆高速，从四川来到陕西，我又一次穿越秦岭，又一次感受到了秦岭的高大和独特。

穿越这么多的山
仿佛来自大漠的烽烟
饱含满腹的原野
直到云朵聚了又散

我寻觅着那曾经的蜀道
想象着如何到达此刻的青天
在离开和返回长安的路上
无法阻止思想泛滥

本来已经绵延几百里的秦岭
又被人们穿梭了千年
只有那一轮千古的明月

把所有的悲喜
飘落成回首的阑珊

积攒了虔诚
沉淀了恩怨
所有的历史都在生长
都在撑起风沙沐浴的文明
都在埋葬阳光和目光
都在涂抹和掩盖所谓的灿烂

如果可以变成大海
我一定跳出这高耸的山间
搅动汹涌的洋流
划出一条漫漫的地平线

如果需要丰沛的情感
请把我放到成都平原
我可以长成天府的辣椒
可以弥补前生的遗憾

如果需要宽广的胸怀
请让我直接变成大漠的炊烟
当夕阳落下的时候
我会衬托出一个黄河上的圆满

只要不被剥离躯干

我就会长成绿叶

迎接春风的时候

也有我的一份贡献

2017年10月9日在西安和颐酒店8603房间初稿
2017年10月11日乘G98次高铁列车从西安北赴武汉途中继续
2018年5月7日在温哥华高贵林中心章节书店旁的星巴克完稿

诗如吉隆坡

题记：第一次来到吉隆坡，知道的和看到的完全让我震惊。

铺开纸张
如路过一片橡胶林
流出每一滴乳胶
需要经过许久的孕育
好像笔尖写下的字
字字连接成水
流成书和耳畔的湖
让一湖的水皱褶成弯曲的目光
一些不羁的情感可以飞扬
足以填补离开青春后的空白
然后用几幅蒙太奇播放

总是联想到高耸的云峰
曾经第一的双子塔
只具有背景的价值

风留下一路的背叛
让我在雨水中选择
如沙粒在沙漠里飞舞
我被引向六个方向
总有一个方向带着苍凉

我只想落下
不论在椰子树下
或者道格拉斯松上
都会持续生长
闪耀在茨厂街的小货摊
尽管可以媲美另一轮弯月
月下的占美清真寺
连同不断重复的月影
都被烤热
烟尘搭上晚风
飘进氤氲的都市
被情人们用来
轻轻地传情

2018年12月5-6日于吉隆坡太阳路速度宾馆
（SUNWAY VELOCITY HOTEL）631房间

曼谷之夜

题记：夜幕落下时，满街的汽车，但没有一声喇叭鸣笛。不时出现巨幅的佛像，并有文字说明：不许用佛像来纹身或修饰。

夜随着车流涌进城市
从边缘扩展到高楼
目光变得越来越短
无法用情绪或联想来丈量
只有沿着如子弹一样的灯光
射向未知的前方

我拾起月亮抛下的幻想
寻觅迷失的希达王妃
隔着一层层屏幕
打开裹着青春的月光
微张的红唇之上
眼睛微微地闭上
等待完全是狂奔的小兔

完全无法抵御

哪怕是弱弱的触摸

溃堤的何止是月光和幻想

何止是青春和激荡

今夜在曼谷

我谁都不想

只要湄南河在我的脚下经过

我就能守住凉季的雨水

不会在菩提树下

拥有成为泪水的渴望

一排排带着眼睛的文字

都敞开一扇扇门窗

让我爬上赤道

用珠穆朗玛峰的高度

把剩余的灵魂测量

2018年12月3日乘酷航（Scoot）航空公司TR605号航班从

曼谷飞往新加坡途中

图腾镇

题记：我们一行沿着温哥华岛的东岸来到了叫作邓肯（Duncan）的小镇，里面矗立着许多印第安人的图腾柱，表现了山鹰、熊、美丽、食物、家庭、天堂、重生等。

想要和你一起站着
尽管无法擎天
至少可以把头昂起
将目光引入一种高尚
那里有森林海洋和动物
有亲情崇拜和理想

不经意间走过的图腾柱
如同那镇边上茂密的树林
有一种栽种过的种子
把行人当成了土地
随着路途生长
哪怕是最轻微的赞叹和唏嘘

也能惊动高空盘旋的山鹰

俯冲向图腾

展示远方的愿望

把我们的脚步

来一次伤筋动骨的衡量

至少我们可以爬上东边的山岗

将那些羁绊我们的荆棘

挂上标识

俯瞰一刻钟

给执勤的图腾柱

稍些的歇息

沿着松鼠跳过的小路

辨别最初的语言和叶子

好让自己

或者经过的灵魂

活成图腾的模样

2019年6月12日在温哥华岛纳奈莫诺廷顿街154号家庭旅馆初稿

2019年6月18日在列治文办公室完稿

走进台北

题记：走进台北，就感觉到一种亲人般的亲切。

商铺和街道开始闪过
横幅和竖版的方块汉字
组成了最自然的隐形欢迎
因为我也是你的读者和传播者
来自童年的记忆和父母教诲
与你有着五千年的血脉亲情

无法阻挡来自大漠的炊烟
升起成信义路的氤氲
无法在淡水河畔一直矜持
因为心早已随着长江奔腾
每个路人都有亲人的感觉
每句话语都诉说着久别重逢
观赏着西门町的时候
我仿佛置身在王府井

携带着龙的基因

走进台北就如走入晚霞

一个翻滚着东方韵律的梦

2018年12月11日于温哥华列治文时代广场

有了桂林还不够

题记：2000年的初冬时节，我们去了桂林，之所以隔了许多年才提笔写这一段经历，是因为有些波折和坎坷，而今都被历史的长河淹没。

所有的人们都发现了另一个世界
如同所有的山水都源于地质学上的喀斯特
除了老天爷的鬼斧神工
还有飘逸在山水之间的歌

我还沉浸在幸福的昨天
梦想着又一次销魂的结合
你也扬起未曾挥霍的妩媚
把自己染成还未到来的春色

你走过的人群都有些躁动
年轻就是如此任性和洒脱
每次都有些眼神被打断
我的幸福就是对别人的折磨

随着你飘曳的长发和裙摆
不知不觉到了阳朔
一串假冒伪劣的黑珍珠
竟使我对诚实的信仰从此夭折

走进那巨大的溶洞就不断地张望
总想把你的美丽和神采永远寄托
生怕来了一阵不知趣的冷风
让眼前的一切都化作梦中的南柯

倒映在水里有绝美的效果
但终究不抵现实的承诺
我需要的只是能拥你入怀入梦
让所有的山水都成为爱情的摆设

2017年4月8日乘天铁从拉法叶湖－道格拉斯站去布拉德站途中

凌晨的涞源

题记：1996年夏天，我目睹了一场针对大自然的污染，场景不时回到我的眼前。

好冷的夜涂满好冷的感觉
很黑的夜渗透更黑的目标
真的来到山里
曾经不断遇见的名字
仍埋藏在黑色的雾里

还没等到天亮
心早已飘过山岗
活像一支迫不及待的小鸟
恨不能立刻展翅翱翔

一路怀着就要升起的希望
如同就要迎接新娘的洞房
本应开满鲜花的路上

何时有银白的彩带一样的东西
谁都无法置疑它们曾经从山顶向下徜徉

废了许多由咸变淡的汗流
终于爬上了晋冀间的山头
二十几口特大的锅
沸腾了水
分解了银
捕获了金
如白头山天池
从锅里
溢出了一串串
肆虐着可以毒死石头的
地面的银河

很小的时候
就听爸爸和老师讲过
当星星装点夜晚
神秘而遥远
但却无比美丽
天上的银河

第一次在地上
我生下来就玩耍的祖国
我无数次梦想中的太行

从天上落下来的银河

自由自在地

在我童话般的土地上

流淌

我知道你知道大家都知道

银河烧焦了草地

毒害了村庄

更污染了我曾经清澈的善良

2007年5月14日于温哥华家中初稿
2007年5月26日乘加航CA029号航班从温哥华飞往北京途中完稿

重走天险腊子口

题记：驱车从兰州，经过岷县，来到甘肃南部的迭部县。这里除了有甘南的自然风光和景点外，还有红军长征途中经过的最后一道天险——腊子口。

攀岩上去的时候
树木都惊呆了
水雾打在脸上
才知道这里是云栖息的地方
里面包含的基因
繁殖了这里的山水
只有人类
是外来的一群

没有探险过西北水道
没有在潼关停歇
腊子口完整了我的经历
不要告诉我百慕大三角

或者尼斯湖水怪

绝地都可以重生
所有的怀疑
连同那些哇鸣的惊叫
都飘散成彩虹
由看到的目光支撑

把生命扔进山谷
再用寻找的脚步唤醒
虽然已经走到了尽头
天不再遮掩
地不再裂缝
如果重生
就立刻进行

2017年10月3日在迭部义达商务宾馆202房间初稿
2017年10月5日在广安凯悦商务酒店8906房间继续
2018年9月12日在温哥华新西敏市白点餐厅（White Spot）完稿

走进昭化古城

题记：这里是蜀国第二都，有许多三国时期的遗迹和记忆。而我们今天造访这座古城，无疑是对历史的回顾和未来的遐想。

随你走进巷子

敲击战鼓也无法唤起反抗

就连一队像样的士兵

也无处寻觅

只好抚摸旌旗的左下角

权当作恢复

悠长的古音和余韵

扯开挡住视线的雾霾

秀出智慧的遗迹

上面爬满了杂音

只有等到夜深人静

才可以通过月光牵引

使目光交叉目光

脚步错乱脚步

一起存在在蜀地

一起消失在苍茫

几千年后的琥珀

被一位失恋的人捡起

或者冰原的一角

被阳光融化

这已经是可以炫耀的存在

2017年10月5日在广安凯悦商务酒店8906房间初稿

2017年10月7日在成都雅居乐豪生大酒店1612房间完稿

爬香山

题记：青洋、丽芬、欣灵和我一行 4 人驾车来到了香山，期待观赏红叶。

我被当作一个标杆
来衡量一种向上的崛起
满山的叶子
张开手臂
仿佛为了接收挺拔的信息

越是向上
越接近天际
离开凡尘俗套
却也无法高贵自己
只在回首时
满足满眼的景色
可以再次自我陶醉
自我唏嘘

走进香山

足可以证明

为了一睹红色

给秋天制造一次邂逅

让目光成为证人

活在一年一次的秋风里

如果秋风有一天不再吹来

我只有梦游到另一个星球

从制造秋风开始

寻找私人订制的四季

希望梦中的你

最好准备好各种表情和姿势

2017 年 10 月 30 日在北京山水时尚酒店 8421 房间初稿

2018 年 2 月 27 日在深圳凯宾斯基酒店 906 房间完稿

再也不再难于上青天

题记：驱车沿着兰海高速从兰州来到成都，又沿着京昆高速从成都来到西安，中间经过岷山、天险腊子口、南北分水岭秦岭，令我对李白发出的"蜀道难，难于上青天"的感慨的再感慨。

不论走在山谷还是平原
我顾不上仰望
地平线和水平线叠加
耸立出一个个头脑
还有森林般的手臂
撑起了天

都在一个天下
有些长成山脊
有些凹陷下去
有些占有了时间的宽频
只是空间上无法跨越
如同千年的龟王

一动不动

也赢得一排注目

快速地穿越蜀道

林木和石头都无视这些过客

只有露出的一线天

提醒太白也曾蹉跎

每当没入隧道

希望这就是黑夜

一旦见到光亮

就把艰难的感觉切割

唯有这不断延伸的山的底

噫吁嚱

危乎高哉

蜀地乐翻天

家是天上天

2017年10月8日在成都雅居乐豪生大酒店1612房间初稿

2017年10月9日在西安和颐酒店8603房间完稿

远方在南京

题记：自大学起相识 40 年，同学在武汉和南京聚会。很久未去南京，如今又探访，有些远方的感觉。

终于来到了早晨
好像不是一天的开始
因为经过了漫长的黑夜
一切都显得新鲜
甚至有些对夜里的不真实
曾经的伸手不见五指
却显示了黛色的山峦和深蓝的海水
空姐把整个旅程浓缩成含笑的脸庞
即使有沟壑
也是微笑着走过

想起玄武湖
和她的夜晚
整个天空都弥漫着她说的话

也许是无声的
但一直传递
向着远方

玄武湖是远方
她是远方
我也是远方
世界是远方
时间也是远方

2018年10月18日乘东航MU216号航班从温哥华飞往南京途中

第三辑　诗意地燃烧

2017 年 8 月凡尔赛宫

> 我正在燃烧的时候
> 你把我冻成了冰川
> 让我闪亮的青春
> 冰封了千万年
>
> 我正在生长的时候
> 你让我死亡
> 让我狂躁的生命
> 只能在地狱里呼喊
>
> ——《变化》

来自雪的预言

题记：早上醒来，惊喜外面大雪纷飞，一派冬季景象。要知道现在已经是3月，往年这个时节已是春色盎然。真的不明白雪花是怎么想的，天空是怎么想的，人是怎么想的。

好像有太多的前世
你延续到了不属于你的春天
万紫千红应该有白色的底蕴
所有的盛开都是一种预言

整整一个冬季还不够
你非要在真正的春天里施展
莫非你还有不肯离去的理由
想把自己变成另一种山花烂漫

没有土地上伸展的根须和枝叶
也没有人们所期盼的温暖
然而你还是那么倔强地盛开

非要把污浊的世界感染

你的飘落就是在飘落一种希望
也许是为了轮回后的明年
但在洁白的面前谁都会动摇
何况这不仅仅是一种实验

为了防止感情再次泛滥
我把你当作约会后的遗憾
抬头低头都能感受到你的存在
落在肩头也是一种无声的呢喃

总觉得我们又相逢在晚霞下的湖边
升起了弯弯的月亮和迷人的脸
只等你轻轻放下六角形的花瓣
我就是那雪花中飞出的思念

不是谁都可以成就洁白的风景
唯有雪花才能唤起还未苏醒的春眠
因为雪花埋葬了一些龃龉和龌龊
我们可以从容地走进雪花盛开后的春天

2017年3月5-7日于温哥华高贵林伯克山庄家中

老爸

题记：老爸二十几天前去了远方，再也回不来了。

兴安岭的落叶松绿满了山峦

辽河岸边的谷子开始抽穗

任凭海水把潮水一遍遍推向岸

我不知道从哪里开始

或者选取哪个段落

刚出锅的红烧肉

感染了车库厨房

把人们的脸染红

我只愿意香飘远方

经过一夜的落雨

小白菜展示嫩绿

在晨曦辉映的田里

我的眼泪模糊了你的身影

五号楼的阴凉处
你的马开始卧槽
观战的人们都为对手支招
而你还是笑到最后

翻阅那些泛黄的报纸
我找到了你跳跃的批注
难怪人间收到的你每一次笑谈
都闪烁着那被称作思想的光华

你没有走遍世界
却沿着弯弯曲曲的地图
释放了你爱国的情怀
临摹出了世界的模样

从未想到你也会虚弱
让我的心跳也慢了
那曾经搂抱四个孩子的臂膀
如今却拥抱了整个天空

我忽然觉得你已经存在了千年
只是给我了一生的缘
五月底的那天早上
祥云载着你去了远方

因为还有太多的天下儿女

等着你成为父亲

我也在其中排队

2018年6月17日在温哥华高贵林伯克山庄家中

跨越 40 年

题记：我中学时代的俄语老师田毓良和姜言梅夫妇一行旅游来到温哥华，有幸相会，激动不已。回忆曾经的峥嵘岁月，感慨万千。

只是几个小时之内
我们跨越了四十年
面对着太久的分别
心和语言争抢着开展

从雪花飘洒的满归小城
从俄语朗朗传播的校园
从大城市走向大兴安岭的脚印
从实现梦想飞越了蓝天

如果世上真的有幸运
其中一定有我的笑脸
因为携带着青春和知识的老师
开启了我们远航的船

那种启迪真是刻骨铭心啊
再冷的冬天都觉得温暖
开启了通往未来的窗口
梦里的憧憬都十分灿烂

真不知道我们如何像落叶松一样
修炼成了浩瀚的林海雪原
无论岁月怎样蹉跎
你们都是我们仰望的高山

太平洋虽然很宽
故乡尽管很远
只要我们还在记忆和相信
世界可以被我们感染

2015 年 7 月 31 日于温哥华高贵林伯克山庄家中

大学讲堂

题记：由于在武汉大学图书馆学系打下研究基础，我在武汉大学法学院宪法学家何华辉教授的指导下，在渥太华大学法学院国际法学家多纳特·法兰德教授的引领下，走进了大学讲堂。

海涌动着
把一块块文字
都披上蓝色
都画成几何图形
可以让随时溜走的目光
聚焦在浪潮里
翻滚出眼泪

站在8848米的高度
也不过如此
风可以不必经过完整的季节
降落成流云
随着心潮的泛滥

完成诗意的联想

如果是蜗牛
穿越罂粟花飘荡的味道
也会衔起几缕遗落的旁白
冠冕堂皇地争辩
湿漉漉的轨迹
被崇拜成历史
总会引起微博的潮水
漫过千年的堤岸

总会有婆娑的树影
打扮成高深的菩提树
打出太阳的幌子
匍匐出爬行的道理
再大的欢呼声
也无法掩埋
月光连接起的诗意

2017年10月11日在武汉君宜王朝大酒店0933房间初稿
2018年5月26日乘加航AC029号航班从武汉飞往北京途中完稿

微信之歌

题记：微信已经深入中国人的生活，以及全世界华人的生活中。在微信上有生活、工作、事业，也有友谊、亲情、爱情。

偌大的一个世界
都被你浓缩
透过小小的终端
你把人人连接

曾经通用的平台
都远若天上的银河
唯有来自中国的微信
连接世界各地的你我

你连接的何止是网络
而是相互孤立的顾客
加上提供商的销售欲望
微信实现了互联时代的承诺

摇一摇的时候是一个小伙

而接受的也许是异地的美丽巾帼

陌生不再是万水千山

而是语言和表情包是否把心情闪烁

你端走一杯飘香的摩卡

店方只扫描了你的二维码即可

一张从北京飞往巴黎的机票

也只需用微信支付所需的数额

更不要说缩短了最后一公里的共享单车

还有拉近地球距离的高铁

微信都成为必不可少的关键

我得到了互联网带来的便捷和快乐

请发到朋友圈里晒晒

闺蜜留下这样的嘱托

看到一个个心形的点赞

心情仿佛像爬上了黄土高坡

不知不觉中每个人都成了主播

爬楼和潜水的都是人生的播客

有经常冒泡的几个大咖

一定擎起一个星光闪闪的群落

微信把世界和我们连接

我们在微信中实现了更高的自我

从此你可以俯瞰整个地球村

如果把人生看作一次不可逆转的探索

2017年6月4日在温哥华高贵林伯克山庄家中

绝世的美丽

题记：在北京飞往深圳的航班上，南航机组乘务员中有一位空姐，拥有绝世般的容颜。她的头发过肩且有波浪般的涌起，宛如天边晚霞一样的旖旎。最吸引人的莫过于她那双透着灵气的深邃的眼睛。黑白相间的眼球里好像在释放最柔情的曼妙，又仿佛是饱含万种可以狂欢的风情。

怎么会如此的惊世骇俗
把一个好端端的思想
乱成了无法整理的杯盘狼藉

你飘逸地来
带来的是盈满饥肠的目光
把一盘散沙的欣喜
像星光一样聚集

你如何生成这样的天仙
如何掳走青春和青春以后所有的诱惑
我又是如何积攒了前世的修行

如何在今天一睹你千古的美丽

见过很多人间的旖旎
却从未有过如此的折服
对你艳羡的五体投地

如果我是一扇镜子
一定会映照出你最令人心动的眼睛
让几十年的等待
充满意义

如果我是你回顾的眼神
必定会蕴含着爱的期許
谁让你是美丽的化身
让我等了几个世纪

如果我是你跳跃的青春
一定会冲破所有的藩篱
如果我不是你青春里的情人
请把我化作你青春的泪滴

2017年2月18日乘国航CA991号航班从北京飞往温哥华途中

文字的世界

题记：在加拿大华人作家协会首届文学营的活动中，我们发现了中文的另一个天地，不论是"搞""整""干"，还是"意思"，都别有洞天。

每一个方块字
都从土地里长出
蛛网般的荆棘和地皮风
都增加了某一个偏旁
或者在其后面
跟随了一串典故
里面有风流倜傥
还有一本正经
最后展现给我们的
都是一个笔画
或者某个构件

如同落入了汪洋
随便抓一把

都是满手的鱼虾
我们被方块字围城
无法逃出其中的奥妙
也无法真正领略其中的究竟
真的应该好好搞搞
也许会得到某些意思

每一个方块字
老是令我们歧路亡羊
不知道真正的羊跑到哪里去了
只好再用时间的刻度
维持猜想留下的伤痛
以便在心里开花
装着摆弄
波浪汹涌下的风情
或者
风平浪静上的万种

2019年6月13日乘轮渡从纳奈莫出发湾码头去
温哥华马蹄湾码头途中初稿
2019年6月15日在列治文渔人码头星巴克咖啡店完稿

对老师的崇敬

题记：经过长久的策划和准备，满归林业中学七五届高中同学和老师相聚北戴河，这是经过42年分别后的首次聚会。

我们来自祖国北方的小城
伴着北国的雪花盛开在隆冬
幼小的心灵都长满了希望
只因一批来自大城市的大学生

寒冬可以将脸庞冻得通红
书本中的知识让我们开始飞腾
教育可以蜻蜓点水
也可以成为哺育青春的蜻蜓

我的那些可敬可爱的老师啊
你们在北方的满归体会到了人生
而我们何止不想成就你们的梦想
心里又是怎样地舍不得你们离开大兴安岭

不信问问山坡上还在生长的落叶松
它们一定为你们也曾燃烧的青春见证
兴安杜鹃为春天红遍山沟的时候
一定也有贝尔茨河为你们喝彩的奔涌

谁不愿意驾驭飞翔的山风
把更加辽阔的原野变成风景
而只有获得了老师的传授
才可以享受这高尚的文明

我们这些山里的野孩子
竟然被灌输了大城市的文明
如果也有一部关于我们的青春故事
那一定是我们青春之后对老师的崇敬

2017年7月22日在北京天伦王朝酒店892房初稿
2017年7月26日在北戴河家中完稿

在咖啡馆一个人唱《我们不一样》

题记：在庭审间隙，我忙里偷闲在波浪咖啡（Waves Coffee），边喝咖啡，边准备文件，边听大壮和蔡佩轩唱男女版的《我们不一样》。好歌！

看与谁相比
我们不一样
红千层和白桦树
玄武岩和陨石
童年想象中的我和现在回想起的童年
留给珞珈山的思绪和从东湖里溢出的才气

一杯铸就了卡布奇诺韵香的身世
需要经过青春的暴雨洗涤
淋漓或者干爽
都是一种翘首之后的台阶
沿阶而上
会走上酝酿已久的天梯

或者
走下但丁笔下的地狱

年轻一定是资本
可以一较高下
如同杜鹃花迎接春风
喜马拉雅山在逐渐上升
向上和春天为伍
我已经来到秋天
跨越了山顶

不再一样
无法重走那一段
青春奔腾的岁月
躺在小操场的草丛里
胡思乱想
面朝天空

2019年5月14日在温哥华的豪街和史麦斯街交界的波浪咖啡（Waves Coffee）初稿
2019年5月25日在列治文渔人码头波浪咖啡（Waves Coffee）完稿

文学对话之夜

题记：陈浩泉、梁丽芳、陶永强、梁佩、陈华英、卢美娟、陈丽芬、梁丽芳、青洋、林伟芝、任京生、曹小平、沈家庄和我在温哥华岛的纳奈莫举行了文学之夜晚会。

如果追溯
要从萤火虫闪亮开始
之前的夕阳
拥抱了一天的故事
主人们纷纷歇息
只有几颗翘首的枫树
和几只新生的路灯
非要挤进这拥挤的海湾
让平静有了坡度
让语言飘向远方

从此所有的面红耳赤
都染上了春色

夏夜的星斗

都落成海面上的歌

纵然没有经过熔炉

也一定炼成钢铁

直到一九八四

属于我们的一小块未来

从四面八方切割

即使这样

风还是昂起成山头

光秃秃的石板路上

硬是长出了蒺藜

血早已经与土地约好

种下那捋红柳树

生长向前看的目光

2019年6月13日乘坐橡树湾女王号轮渡从纳奈莫出发湾码头去
温哥华马蹄湾码头途中初稿

2019年6月17日在列治文办公室完稿

校友文化

题记：经过加拿大不列颠哥伦比亚省武大校友会罗珺校友的介绍，我与深圳武大法学院校友会的高立明、杨光、丁业强等校友在深圳相聚，同时与我图书馆学系同班的同学张克科、李楠、吴振兴、燕今伟也联系上了。这几年，我与满归林业中学的同学胡良娥、白麟、李元培、高凤英、王振荣、王丽、宝芙蓉等人也陆续建立起了联系。大家经常一起在微信上交流、辩论、诉说、唱歌、朗诵，形成了新的网上交往的群体。

跋涉了几十年的路程
我们又一次聚到一起
除了欢笑中散发出的跌宕岁月
还有穿越了时空的不眠记忆

经过比超女还严格的海选
我们被命运安排在一起
即使那些从未落地的艳美的目光
也闪耀着惊世骇俗的美丽

回到我们曾经的校园
我们有过多种共同的也许
因为当时的擦肩而过
都成为一种可以流淌的情谊

借着年年轮回的四季
我们隐藏了青春的秘密
有些已经染上了白色的双鬓
有些还在徜徉年轻的序曲

看似不经意的散步和阅读
都携带着我们迷茫的气息
挥霍掉过剩的心跳
为了一个从未解决的难题

有了校园作为背景
倩影也显得美丽
经过的那些镜头
使我摆脱了一路上的孤寂

没有任何过分的奢求
经过沉淀后的经历
成为一种共同的享有
用遗忘铸就的那段故事

我可以长久地徘徊

把自己化作飘在你脸颊上的雨滴

只要有还在舞动的青春的冲动

我就是那灯光下你的旖旎

即使在挤满了声音和头脑的礼堂

我成为拨动想象力的逻辑

无论今后的岁月谁获得成功

都无法猜出谁是最后的真理

2017 年 2 月 15 日乘 C7026 次城际列车从深圳赴广州东途中初稿

2017 年 2 月 16 日乘东航 MU3536 号航班从广州飞往北京途中继续

2017 年 2 月 18 日乘国航 CA991 号航班从北京飞往温哥华途中完稿

送麦冬青君一程

题记：通过加拿大华人作家协会认识麦君，他还常记得我并与我打招呼和攀谈。麦君最令我钦佩的是百岁的时候还去敬老院做义工，为那里的八九十岁的老人服务。

有些未出口的话语
从此化为云朵
成为你仙游的伴侣
我想天上并不寂寞
有痴心的牛郎和美丽的织女
还有操心的王母娘娘
还有主导天庭的玉皇大帝

如果想念我们
您就咳嗽几声雷鸣
好让我们干涸的心灵
获得久违的雨

秋风起的时候

我们会把思念送去

您在极乐的世界

一定会领会我们的心意

云朵飞得这么远

一定翱翔出冬青的神奇

虽然我们无法追上

想象也是一种飘落的慰藉

    2016年8月27日于温哥华高贵林伯克山庄家中

雪花飘落的时刻

题记：连片的雪从茫茫的空中飘落，在温哥华的冬天还是不多见的，总觉得有什么跟着雪花一起落下，一起繁华，一起融化。

听说有过红色的雪
不知何时能够赏阅
雪花拥挤着落下
到底需要盛开怎样的花朵

我无法想象雪花的心情
是否也有未曾了断的缘分
离开另外一个世界的时候
可曾遗留六角形的芳容在银河

飘落的时候没有人知道
六角形的开放也是一种寄托
因为本来作为雨滴的你
如何将自己孕育成漫天的雪

雪花本身就是一种惊喜
可以将很多前世的缱绻摆脱
如果没有一种从天而降的释放
你会依然伤心地在天边漂泊

既然来到了所谓的人间
就义无反顾地拥抱所谓的污浊
因为你也走过苦难
来到地上一定会食遍人间烟火

如果我再一次经过十七岁
也会有你不断回首的冲动
也会耗上整个天宇和原野
只为预留一次迎着雪花奔跑的感觉

雪花也有雪花的忧伤
只是展现在我们面前的都是一种洒脱
纵使千山万水都在沸腾
谁也无法理解雪花的落寞

2016年12月9日于温哥华高贵林伯克山庄家中

绿皮车

题记：2010年8月21日乘从襄樊开往柳州的1473次火车赴张家界。这火车是我很多年前曾经坐过的绿皮车，里外都比较陈旧，厕所和车厢连接处散发出阵阵异味。车上没有空调，只有车棚顶上的电风扇和可以打开的窗户。如果你不是坐在正对着电风扇或靠窗口对着列车前进的方向，一会儿就会出一身汗。人还特多，肩扛手拎，大包小包，又喊又叫，好不热闹。

久久没有碰到的记忆
被串串的绿皮车泛起
拉我回到几十年前的生命
里面竟然还残留着冲动的痕迹

我已经成为了小草
失去了从前的任何骄傲
但还是被要求在灵魂深处
让革命的火种熊熊燃烧

仿佛只有在那样的年代
才有对绿皮车如情人一样的青睐
因为在遥远的边境小镇
坐火车是除情人之外的最难得的爱

你轰隆隆驶来的声音
仿佛哗啦啦摇曳的青春
只是一阵山风吹过
你就如昨夜的悄悄话一样难寻

黑黑的煤烟抚摸着白云
好像天天见面还想念的情人
只消月亮静悄悄地漫上树梢
那一定是你用秋波送来的眼神

你已经习惯了漫山遍野的白雪
把红红的脸颊像火一般衬托
即使火车留存着你乘坐时的笑容
谁也无法阻挡岁月如水般的蹉跎

你还好吗
我魂牵梦绕的绿皮车

2010年9月12日于天津金钟新城家中

无题

我出生的时候
你已经凝聚成露珠
露珠还在晶莹的间歇
我已经爬入童年

直到那眼睛发亮的直播时刻
你用弹幕刷屏
让我十三岁的血液
喷发成不肯隐去的红霞
烂漫千年

我终于把你想成了玄武岩
一旦感动就会如火一般
孤独的矗立也是一种灿烂

可你还是像小河一样流过
歌唱着青春走向远方

我已经成熟到了像拥有年轮的柳树
眼睛变成了湖泊
波光潋滟

我终于长成了树梢的弯月
侧耳倾听了你逶迤的缠绵
我洒下轻柔的清辉装扮你的妩媚
希望唯一一次盛开
能够赶在天亮之前

我终会泪遁成一处宇宙的黑洞
偶尔会听到来自你的笑声
我把最深的感动变成引力波
到达你的时候已经是光年的路程

2019 年 6 月 25 日于温哥华西班牙海滩

微笑的艳敏

题记：艳敏是我在鲁迅文学院第三十三届中青年作家高级研讨班的同学，来自北京。我们在温哥华重逢。

惊动了已经走远的四月
一枚校徽别上了蓝天
我们穿着地球的绿装
非要像水一样
在缝隙里伸展
非要将童年和梦拧在一起
让乒乓球飞出的笑声
落在太阳的西边

如果紫禁城再次辉煌
我一定去真实地靠着
想象出发生在红墙边的故事
谱成一串串山歌
刻在通天的图腾柱上

把自己长成不倒的山峦
供奉着另一种永恒

就如我每年都能看到绿色
季节的更替是再次启蒙
不等紫藤爬上树梢
心已经封存
万年之后
人们发现琥珀里的笑声

宁愿这笑声和笑容
被万年的冰川封冻
再也听不到外面的世界
只有岩石累成的时间
再次穿越

我不敢闭上眼睛
怕飘洒成山谷里的晨雾
从此无法体验被驱散的快感

2018年8月21日于温哥华高贵林伯克山庄家中

请假

题记：无聊无奈的日子，不知怎么过。

我实在对土地厌烦了
对着天空请假
天空答应给我一个蓝天
我触摸到了树枝
和穿越树枝的雾霾
有几句滞留的话语
抓着还未到来的春天
始终不愿离去

我睡了一宿觉
眼前还是一片乌云
窗帘还未拉开
天空怎么把乌云搬到床前

打这儿以后

我就喜欢仰视天空

猜测每一朵白云

是否孕育了蓝色的背景

或者阳光能穿越空间

谱写出湛蓝的乐曲

直到有一天

我等到了电闪雷鸣

等到了倾盆大雨

2018年1月19日于温哥华高贵林伯克山庄家中

诗意地栖居

题记：只是短短的两个星期时间，我们3人（董建华、董卫华和我）从北美西海岸（温哥华、西雅图、旧金山）来到中国的南京集合，然后从长三角（上海、南京、无锡）出发，经过环渤海（天津、北京），经停中西部（襄樊），最后来到珠三角（佛山、广州）。在广州，我与姜原和黄亦菲深入地探讨了诗的问题。除了推介我们的项目之外，我还体会了不少人文和社会的关怀和情感。我越来越相信，人一定要诗意地栖居。此诗原载于2011年5月由北方出版社出版的《笑言28人自选集》。

一切都可以从《诗经》算起
为何让堂堂君子追求窈窕淑女
五千年的民族情感
是扯不断的浓浓诗意

曾经是阡陌间的自言自语
怎奈已经变成长安城里的歌曲
有那么多文人墨客的研磨
用民族的精神临摹诗情画意

本来灵魂可以自由地升华

我们偏爱用诗的思考不断延续

始终伴随我们一路的

是像长城一样的坚韧不屈

或者是像圆明园一样的残垣断壁

你可以登上昨日的帝国大厦[①]

还可以炫耀台北的 101[②]

但你永远无法否认

你不得不诗意般地栖居

因为你无论如何变不成奔跑在撒哈拉沙漠里的鸵鸟

更无法像热带雨林那样在亚马孙河流域耸立

我们需要人类的文明

用诗的语言留下我们的足迹

2009 年 11 月 5 日在佛山皇冠假日酒店 3619 房初稿
2009 年 11 月 7 日乘海航 HU7848 号航班从广州赴西安途中完稿

---

① 纽约的帝国大厦曾经在很长一段时间里是全世界最高的建筑物。381 米高的帝国大厦，自 1931 年以来，雄踞世界最高建筑的宝座达 41 年之久，直到 1972 年才被世贸中心超过。

② 台北 101（Taipei 101），又称台北 101 大楼，是目前世界较高的楼，但已经被迪拜的哈利法塔、上海环球金融中心等多个建筑物超过。

奇特的博士们

题记：由于读书、求学的原因，我结识了很多博士：有本土的，有海归的；有文科的，有理科的；有教学的，有经商的；有当官的，有平民的；有年轻的，有年长的；有男的，有女的。他们真是一群十分奇特的人，或者藏而不露，或者招摇过市；或者满腹经纶，或者江湖义气；或者淡泊明志，或者拔刀相助。总之，他们是一个非常独特的群体，与人生、自然、社会有着别样的磨合和接轨。

研究了高深的学问
自以为从此驾驭了乾坤
地球离开谁都会转动
即使博士也不要太过于自信

知道你经过了许多寒窗
可还有比你更辛苦的人们
世界也是一个但丁描述的地狱
尽管大家都在挣扎着不致沉沦

连翻飞的蝴蝶都承认

你自然是她们的美丽追寻

就如自古英雄爱美女

哪怕瞬间的凝眸也被看作是对你的勾魂

有谁不期待那勾人的回眸眼神

又有谁能抵挡那飘逸的石榴裙

博士们也无一幸免

爱情的火焰会把所谓的学问烧成灰烬

不要在寒风里颤抖层层的红尘

清醒的头脑不如常常的混沌

汨罗江边的屈原会再一次告诉你

怎样才能不种下千古的遗恨

要知道冠冕堂皇的博士们

首先是七情六欲的凡人

我们可以向他们讨要真理

但绝不相信他们是真理的化身

2010年11月23日乘国航CA1385号航班从北京飞往襄樊途中初稿
2010年12月1日在北京建内大街办公室完稿

变化

题记：突然想到了变化，触摸到了极端。

我正在燃烧的时候
你把我冻成了冰川
让我闪亮的青春
冰封了千万年

我正在生长的时候
你让我死亡
让我狂躁的生命
只能在地狱里呼喊

我正在做梦的时候
你非把我摇醒
让我没有防护的棱角
粉碎成只能观望的月圆

我以为拥有了一切的时候

你把我抛向宇宙

让我拥抱世界的胸怀

变成无序漂浮在太空的碎片

我正在热恋的时候

你把我变成永远的失联

使我孤单了一个世纪的爱情

继续孤单

2018年3月3日乘南航CZ3174号航班从西安飞往北京途中初稿
2018年3月3日乘加航AC030号航班从北京飞往温哥华途中完稿

被西安留下的

题记：2017年两次来到西安，更加细致地体验了西安的古城韵味和人文情怀，也包括可以高潮迭起的爱情。

  总想彻底释怀
  沿着恢弘的阿房宫
  燃烧成火焰
  尽管只有一次光明

  看着城墙升起
  玩耍都需要动情
  用千年的岁月叠加
  不信找不到永恒

  排列得再整齐
  也抵不住如霜的话语
  千百个兵马俑的耳朵
  都被彻底震聋

想用披上阳光的叫卖

把所有的乡愁都唤醒

沿着丝绸之路

敲响沉睡的晨钟

不要尝试用目光谱写历史

历史的视角一定会伤害眼睛

如果日月有意

定会跨越千古

走到今天

为谎言证明

都说你是一面镜子

可我始终看不到自己

或许哪天想明白了

可以重圆

但有谁可以证明

2017年10月2日在西安亚朵酒店大寨路店1203房间初稿
2017年10月5日在广安凯悦商务酒店8906房间继续
2018年3月1日乘南航CZ3761号航班从珠海飞往西安途中完稿

我与黄河

题记：曾经在第二次来兰州时，走上了黄河铁桥。而今再次来到兰州，我远远地看着，不止一座横跨黄河两岸的桥和彩虹一样的梦想。

什么隔成了两岸
只消一股涌动的水
便试图将几千年的冲刷
变成一种永不相连

好像没有追求
却不停地向前走
偶尔翻卷起的浪花
一定是你依依不舍的回首

仿佛一支少女的簪子
将蓬乱的土地归拢
随着那任性的流水
梳理成一泓美景

你好像醉了
两岸也随你任意伸展
只是飞舞起来的浪花
让刮过的风都成为一种表达
云朵落在了天上
地上就交给了黄河

不论是左岸右岸
都透过你交织出新的缠绵
浪花能够飞溅
因为两岸结成了千年的姻缘

而灵魂走向远方的时候
身体也必须穿越
成就飘荡的诗意
让黄河在天上流淌

2017年10月3日在迭部义达商务宾馆202房间初稿
2018年2月23日乘南航CZ3160号航班从北京飞往深圳途中完稿

诗之梦

题记：昨晚在海边徜徉了很久。细细的沙滩在云层后浅浅的月光辉映下，显得暗白。远处还有几处海上的灯光在闪耀，仿佛告诉人们这里是大西洋中的巴哈马群岛。早晨醒来发觉刚从令人兴奋的梦境走出。在一群诗歌爱好者参加的聚会上，有人指点我的诗"一片叶子、一缕炊烟、一个梦境……"。我十分欢快，被簇拥着，被赞为最有才华的诗人……

诗本来就是梦
何必需要苏醒
如何才能潇洒活过
把诗融入生命

一片叶子
送走了一个季节
是否也送走了隐约的爱情

一缕炊烟
画出一道风景

房子里的主人
是否袅袅出风情万种

一个梦境
翻飞起童年的憧憬
转过一个街角
谁会投入怀中

醒来是一种唏嘘
回忆是一种感动
感动能持续多久
需问问湿润的眼睛

2014 年 7 月 9 日在大巴哈马岛的卢卡雅酒店 0527 房间初稿
　　2014 年 8 月 15 日在温哥华高贵林伯克山庄家中完稿

丢失了来时的自己

题记：鲁迅文学院第三十三届中青年作家高级研讨班的同学毕业了，许多段留言、许多次熊抱、许多次碰杯、许多次表达，都无法释怀心中的情感。

如果是度假
我们去了哪里
身体在哪里放松
心又在哪里栖息
什么是我们走过的山清水秀
什么是我们经历的花香鸟语
我们是否还要回到原来的出发地

如果是释放
我们给出了什么
在哪里甩掉了我们的包袱
在哪里撒出了我们的怨气
什么是我们的不堪回首

什么是我们的彩虹般的惊喜

如果是暂停
我们停下了什么
又停在了哪里
我们厌烦了日出日落的碌碌无为
还是锅碗瓢盆把我们苟且成庸俗
难道暂停真的变成一种永远
变成一道生命里的奇迹

如果是私奔
我们和谁在一起
哪里是我们的目的地
如果累了
哪里是我们可以停靠的驿站
哪里可以接纳我们的躁动
谁又可以成为我们不朽的记忆

不论怎样度假
不论如何暂停
不论怎样释放
不论如何私奔
我们都找不到原来的路
丢失了来时的自己

2018年1月9日于温哥华高贵林伯克山庄家中

沉默的灯泡

题记：鲁迅文学院的同学们在打乒乓球，我坐在边上当裁判，很有只发光不讲话的灯泡的感觉。

已经挂在墙上
还要将世界照亮
把一层层还未展开的意思
当作光芒

笑声是一种穿越
将昨天迁移
为的是
明天不再幻想

可太阳总是燃烧
把本来褪色的墨汁
涂抹成十七岁
不管一江春水
怎样在冬天的日子里流淌

2017年11月9日于鲁迅文学院

心与身

走近了身体
可心依然在远方
想些什么
看看画画的白云

心终于靠近
身体却走了
走到哪里了
连心都不知道

身体一直想呐喊
心在哪里啊

心一直在张望
身体快带我走啊

2019年2月14日于温哥华列治文斯蒂夫斯顿海鲜餐厅

到底是怎样的寒冷

到底是怎样的寒冷
可以裹挟起太阳
到宇宙溜一圈
把一些多余的热情
变成岩浆
直到冰川纪下
坚硬成另一种存在

我可以燃起火山
把地球烧得通红
唯有剩下的灰烬
还残留了一丝念想

雪可以飘入宇宙
掠走眼睛里的寒冷
只有如血的晚霞
独自修复一路的悲怆

2019年2月28日于温哥华列治文沪江餐厅

还是最好别问

题记：走过街面，路过店铺，穿越行人，我有一种别样的感觉。

全是米饭和人
全是睁着眼睛走路
落座
站起
背影不再思考
不再比较天空和天空
不再计较你和我

如果画笔已经风干
不能说是风干的
炉火可以散开
主人或间歇性的使用者
患了阿尔兹海默症
意念到了南极
可以问问

在火星的日子里
别问我地球的颜色
遗忘已经被遗忘
尘土飞扬
高楼耸立
就算找来爱因斯坦
或者已经丢失的探测器

电话让你讨厌
树叶却不这样想
苦恼的雕塑
一动不动
谁赋予了什么
什么又赋予了谁
问你
还是问我
还是最好别问

2017年11月上旬于北京山水时尚酒店419房间

别称

题记：住在山水时尚酒店，每天去鲁迅文学院上课。我想起了我们的称谓。

墙

如光

如影随形

挡住风的时候

被委屈成分手时的叹息

路灯

却等到了黎明

眼睛铺开

转弯处的四季

楼房和空隙躺在一起

也许会碰触

让遥远的山岗

放弃妄想

冰山滑向南方
浮冰和北极熊
各自存在
耳畔和眼泪
海水的胸怀
不满足的思想者
还在想象

一滴宇宙的眼泪
怎样在没有干枯之前
趴下
保存初来的衣着
免得第二个纽扣
把嘴上的微笑
撞到墙上
洒落一地

2017年11月11日于北京山水时尚酒店8421房

无法选择

一直想等香山的叶子
看看可否红过我曾经的青春
一直想等垂柳长出新绿
看看可否淹没阵阵而来的冬天
一直想等你们已经去了南方
看看可否把心留在身边
一直想等太平洋浓缩成一滴泪水
看看可否守住时间的堤岸

如果红红的枫叶和杏黄的银杏叶同时翻飞
我把目光送给蓝蓝的天空
如果落基山和昆仑山一起升高
我把思绪锁在大海画出的圆
如果鲁迅和白求恩结伴回家
我会看着他们的背影走远
如果中秋节与万圣节相约出现
我会选择拉下我的眼帘

我不敢抚摸冰心的雕塑
不想触动躺在天空的情感
我不愿捧起玛格丽特·艾特伍德的作品
不想溢出海水做成思念

我不敢把你拥入我的怀里
不想把日子变成远方
我不愿把我留在鲁迅文学院
不想触摸离开的那一天

2017 年 11 月 14 日于北京山水时尚酒店 8421 房间

从羔羊到豺狼

题记：在国家大剧院观看了现代话剧《兰陵王》，里面含有典型的古典剧情式的冲突：杀父之仇、母子冲突、情侣矛盾、面具与灵魂的冲突、夫妻之间的背叛以及邪恶与正义的斗争等。只好用一个词来表达对我的撞击：震撼。

　　　　　　无法满足天大的愿望
　　　　　　无法走向心灵的殿堂
　　　　　　无法解开面具的纠结
　　　　　　无法扭转世间的沧桑

　　　　　　不要把我的温柔当作懦弱
　　　　　　不要把我的挣扎当作恐慌
　　　　　　不要把我的谄媚当作歌颂
　　　　　　不要把我的沉默当作死亡

　　　　　　给我一副面具
　　　　　　我可以让心不再彷徨

给我一份回忆
我可以让历史重新生长

当爸爸遭遇记忆中的斧钺
当妈妈背负怀疑的目光
当可人儿匍匐成蠕虫
当兰儿陷入爱情的刑场

没有面具我随波放荡
找到面具我寸断柔肠
戴上面具我报仇雪恨
摘下面具我沐浴悲伤

我可以是妈妈的儿子
我可以是情人的新郎
我可以是人民的英雄
我可以是帝国的国王

如果你是王宫里的一根廊柱
如果你是国王手里的权杖
如果你是烧死兰儿的火柴
如果你是悬挂面具的殿堂

心木了僵了
我可以是冷酷的羔羊

心冷了硬了

我可以是温柔的豺狼

心黑了坏了

我可以是地狱

心甜了热了

我可以是天堂

2017年10月19日至28日在北京山水时尚酒店8421房间初稿

2017年11月11日乘G187列车从北京南去济南途中完稿

何必招摇

有些落下
有些还舍不得离开
云彩飘移
眼睛也飘移
口信都扭曲成了青烟
情书散满一地
或许
那也是一种信息
关于落下
关于舍不得
关于青春

如果要留下
何必招摇
何必扯开夜的帷幔
露出不情愿的朝阳
老人笑的时候

只有喜鹊在田埂上
专心致志
而风一样的耳朵
只能跟随风的印记
如果风停了
如何继续

2017年11月13日于山水时尚酒店8421房

可以成为你的天津

题记：两年之后，我又一次来到了天津，与来自全国各地的作家一道，在谦祥益观看了 4 场相声和 1 场快板，让泛自内心深处的欲望，又一次翻腾。

不知是目光还是心想
一条从海沿着河上溯的船
看到了你
装上了你
它以为自己走错了地方

不论曾经怎样曲折
两岸不曾抱怨
只是在
秋风扫过的时候
默默地呜咽着悲伤

不知从何时起

高楼生长

绿色感染朝阳

无拘无束的浪花

开始携带着来自海的讯息

讲述船儿怎样

让鱼儿畅游

让心再次开放

不管你是否把河流的平静

当作盛开的海浪

你总会留给

赤峰桥的栏杆

一波潮湿的遐想

你可以闭上眼睛

可总有一波令人心动的脚步

走进风里

踏出全新的波浪

如同所有流过的水

和永远向前的时光

你也被邀请

加入建造的行列

沿着百年的岸

啜嚅出几滴

含笑的眼泪

汇入来自土地的河流

汇入来自世界的海洋

2017年10月23日在天津智选假日酒店1507房间初稿

2017年10月25日在北京山水时尚酒店8421房间完稿

香榭里音乐餐厅的晚宴

题记：昨晚在香榭丽音乐餐厅与《为爱而生》责编杜东辉一起相聚，这家餐厅的音乐背景非常迷人。席间，我与东辉谈了我的出版计划，也谈了对祖国发展和人生归宿的看法，幸甚。

难道这是刚刚走过的香榭丽舍
一曲裹着晚霞的夜幕
正被街灯轻轻拉起
不知所措的影子
开始凌乱
只有隐没在天宇的云朵
知道我涂抹的奥秘
在巴黎圣母院里祈祷
在埃菲尔铁塔上放飞
把二十一岁的尸骨埋在蒙马特高地

香榭丽舍依然
灯红酒绿

满船的音乐

仍沿着塞纳河飘逸

努力实现声音和光的约会

附带着你和我的分离

只有把左脚和右手同时抬起

翻开选择性的失忆

任凭地中海的风怎么吹过

任凭梅雨淋湿珞珈山

为了神圣此刻

树枝被想象成雨丝

心只有挂在风中

凋零之后

流入沟壑

汇聚成女娲和伏羲

2017年10月11日在武汉君宜王朝大酒店0933房间初稿
2017年10月14日乘国航CA8207航班从武汉飞往北京途中完稿

互动的力量

题记：这两天，利用在武汉大学中国边界与海洋研究院举办讲座之机，我与研究院的几位老师和同学进行了互动，特别是余敏友教授、黄伟副教授、雷筱璐老师以及白安、段琼、秦泽昊、魏晓雨、张惠玲、王晶等研究生，业余时间还与长江文艺出版社的编辑杜东辉，来自广州的老朋友武汉大学法律系80级的刘翔相会，感受良多，心情激动。

别小看了野蔷薇
没有荆棘的日子里
你也可以光滑
像流动的琥珀
携带着不老的目光

可以是正极和负极
也可能是同性相斥的缘故
互动起来的时候
谁也不会想起东湖
不会在空旷的草地上

数落去的星辰

不知此次是否
能够邂逅
虚无缥缈的理想
就算再一次偶然
也预先留下认可
来日的春风
一定可以辨别
今天的模样

我们都雕塑成罗丹
只剩下没有思想的思考者
咀嚼剩余的文字
留下永不移动的目光

2017年10月12日在武汉君宜王朝大酒店0933房间初稿
2017年10月14日乘国航CA8207号航班从武汉飞往北京途中完稿

有了曹禺

题记：在鲁迅文学院第三十三届中青年作家高级研讨班同学张军东的邀请下，来到了曹禺的故乡——潜江。

有了曹禺
人间才感受到了真正的雷雨
才有了不停的泪水
凝固而成的积云
会不时飘落

不论怎样的冲突
都会像茧一样缠绕
把莲花一样的人生
荷花一样的清白
纷纷染黑

有了关汉卿
窦娥才有了冤情

有了索福克勒斯

才有了俄狄浦斯的不伦之恋

有了莎士比亚

才有了奥赛罗的悲痛

有了曹禺

才有了四凤和周萍的私情

经历了雷雨

才有了万念俱灰的死亡冲动

如果我经过那个雨夜

我一定会阻止那些必然

而把更多的选择

送给每一个角色

可以背叛亲情

可以逃离爱情

可以远走高飞

可以孤老终生

可以还可以……

2018 年 6 月 14 日乘 G556 次高铁列车从潜江赴北京途中

后记

　　2017年10月28日，我在鲁迅文学院参加第三十三届中青年作家高级研讨班期间，参加了《十月》杂志社在北京佑圣寺举办的"诗歌与城市"朗读会。经著名作家邱华栋推荐，《十月》杂志主编之一李浩安排我在现场朗诵《梦中的薰衣草》这首诗。参加活动的诗人包括吉狄马加、欧阳江河、李少君、树才、蓝蓝、霍俊明等名家。在与树才的交流中，我提到自己正在编写一部诗集，书名拟定为"无处安放的青春"，灵感来自彭于晏和倪妮主演的一部电影《致我们终将逝去的青春》。树才建议何不采用"无处安放"，这样更有无限想象的空间，我觉得甚好，不愧是名家。

　　应著名出版人凌翔约稿，我将近几年的同一类作品放入此诗集。侨居温哥华的文学评论家陈中明博士为《无处安放》作了序。他是加拿大阿尔伯特大学英美文学博士，曾经在厦门大学和内蒙古大学执教。他既有诗人的气质又有评论家的犀利，还精通中英诗歌，非常感谢他能为《无处安放》作序。我在鲁迅文学院的同学，作家黄军峰，为本书题写了书名，非常精美。几年前，我的校友邓小夏将清秀的设计师王晴推荐给我。她设计的封面有超然的想象力：扣人心弦、过目不忘。

　　这部诗集主要反映了我在一路高歌猛进之后的生活，使我对自己的路途开始回忆，开始怀疑，开始彷徨，开始迷茫。其中有"如果我知道生活如此，我绝不会走进去"的感叹。我现在写过的，2020年后，我绝不重读。

黄冬冬
2020年8月